少年陰陽師
しょうねん　おんみょうじ

少年陰陽師 肆拾壹

傷逝之櫻

かなしき日々に咲き遺れ

結城光流—著　涂愫芸—譯

重要人物介紹

藤原彰子
左大臣藤原道長家的大千金，擁有強大的靈力。現在改名叫藤花。

小怪
昌浩的最好搭檔，長相可愛，嘴巴卻很毒，態度也很高傲，面臨危機時便會展露出神將本色。

安倍昌浩
十七歲的半吊子陰陽師。父親是安倍吉昌，母親是露樹。最討厭的話是「那個晴明的孫子 ?!」

六合
十二神將之一的木將，個性沉默寡言。

紅蓮
十二神將的火將騰蛇，化身成小怪跟著昌浩。

爺爺(安倍晴明)
大陰陽師。會用離魂術回到二十多歲的模樣。

朱雀
十二神將之一，是天一的戀人。

天一
十二神將之一，暱稱是「天貴」。

勾陣
十二神將之一，通天力量僅次於紅蓮。

太陰
十二神將之一的風將，個性和嘴巴都很好強。

玄武
十二神將之一，乍看是個冷靜、沉著的水將。

青龍
十二神將之一，從以前就敵視紅蓮。

脩子

內親王，因神詔滯留伊勢。

安倍昌親

昌浩的二哥，是陰陽寮的天文得業生。

安倍成親

昌浩的大哥，是陰陽博士。

天空

十二神將之一的土將，是十二神將的首領，雖然眼盲，但內心澄明。

風音

道反大神的愛女。以前她曾想殺了晴明，現在則竭盡全力幫助昌浩。

藤原敏次

陰陽得業生，在陰陽寮裡是昌浩的前輩，個性認真，做事嚴謹。

有時，情感是雙面刃。

1

◊　◊　◊

整片視野都飄著美到極致的紫色花朵。

「……」

睜到最大的眼眸，鮮明地映照出你緩緩傾斜的身影。

你纖細瘦弱的身軀發出微弱的咚吵聲響，倒落在紫色花墊上。

紫色花瓣一枚接著一枚，掉落在你淺色的狩衣上。

在黑暗中紛飛飄落的花瓣，宛如夜半無聲無息不斷飄落的雪花。

你沒有血色的肌膚是屍蠟色。花瓣掠過你的側臉，翩然飄落、堆積。

你趴倒的肩膀、垂下的眼皮、微張的嘴巴動也不動。

風咻地吹過，掃過所有枝椏，奪走無數的花朵。

這是宣告結束的風。

「……」

我想呼喚你的名字，聲音卻出不來。

我想大叫不可能，凍結的喉嚨卻不聽使喚。

我想撇開視線，大叫一定是弄錯了，身體卻僵硬得不能動，連眼睛都無法眨。

你散開的頭髮在風中飄搖，撫觸著你已經凹陷消瘦的臉頰。

啊，看起來好像很癢呢。

你大可舉起手，撥開頭髮呀。

然後，張開眼睛，哎呀哎呀地埋怨，吃力地爬起來。

你大可發出嘆息聲，吊起嘴角賊笑呀！

一如往常地瞇起眼睛，得意地笑著說被騙了吧？

那麼，我也會一如往常地生氣歸生氣，還是原諒你所有的一切。

所以。

所以。

所以——

「……」

我緩緩站起來，伸出手，想叫喚你。

在搆到手之前，不知道為什麼腳突然失去力氣，我癱軟地跪了下來。

覆蓋地面的紫色花朵宛如柔軟的毛毯，從那下方傳來奇妙的喧嚷聲。

『……已矣哉。』

我顫抖的手，好不容易才碰到你骨瘦如柴的手指。

然而，手指已經冰冷。

從紫色花墊下響起狂喜的聲音。

已矣哉。已矣哉。已矣哉。已矣哉。已矣哉。已矣哉。

已經完了。已經完了。已經完了。已經完了。已經完了。

所有一切都完了。

「……」

啊，沒錯。

那膚色像蠟；皮膚也冷得像蠟。

佈滿皺紋的手指僵硬不動。

可見握住的手不會再反握回來了。

不可能。不可能。不可能。

在我無法眨動的眼眸裡所映出的表情，明明像是睡著了啊。

我伸出另一隻手，搖晃你的肩膀，使出全力搖晃，你卻動也不動。

「……——……、……——……——……、……——……——……」

我一邊搖晃一邊叫喚，一次又一次。

從花墊下傳來的聲音，像是在嘲笑我嘶啞的叫喚。

已矣哉。

「……——……！」

◇　◇　◇

穿越被地獄業火燒盡的森林後，往哪裡跑、如何前進，他們都不記得了。

屍抓著咲光映的手帶路，昌浩等人跟著他在黑暗中奔馳。

出了森林後，沒看到那些野獸也沒有邪念追上來。

可能是殿後的紅蓮所射出的火焰，嚇阻了它們。

沒多久，咲光映的腳步開始踉蹌起來，好幾次差點絆倒。

她的體力消耗到達極限了。昌浩還能靠意志力支撐，但也差不多了。

屍環視周遭，尋找可以讓咲光映休息的地方。途中有好幾座森林綻放著花朵，像是在召喚他們，但屍連看都不看一眼。

昌浩現在也知道理由了。

不能進入森林，會被吃掉。

就這樣，他們放棄好幾座森林，不斷往前走，最後找到一個由岩石交疊形成的石室。

裡面是乾燥的，什麼都沒有。

不只昌浩，紅蓮也試著推推看、拉拉看，岩石都屹立不動。

屍最先進去，仔細檢查過有沒有危險才叫咲光映進去。喘氣喘到肩膀上下起伏的咲光映，垂著頭抓住昌浩的袖子。

他眼神嚇人。被瞪視的昌浩不敢撥開咲光映的手，縮著肩膀跟她一起走進了石室。

紅蓮露出嚴峻的表情，直盯著他們三人。

「紅蓮，裡面很大，進來也沒關係哦！」

看到昌浩探出頭來招呼自己，紅蓮無言地回應。

石室的入口狹窄，修長的紅蓮必須彎著腰才能進去。他抱著勾陣，一邊注意不要撞到她的頭，一邊從縫隙鑽進去。

勾陣沒怎麼樣，倒是紅蓮自己稍微撞到了肩膀和頭，他不悅地皺起眉頭。

紅蓮在最靠近出入口的地方坐了下來，強烈的疲憊感馬上湧現全身。他瞞著所有人強忍著，喘了一口氣。

在體力明顯消耗的狀態下爆發神氣，他早就知道沒那麼容易復元。

靠牆坐著的咲光映，抱著膝蓋垂下了頭。

「妳嚇壞了吧？咲光映，但沒事了，在這裡休息一下，就照昌浩說的那樣去做吧。」

屍溫柔地對她說話，她也只是輕輕點個頭。屍毫不介意，緊靠著她坐下來。石室裡有點冷，這麼坐多少可以取暖。

昌浩坐在與屍相反的另一邊。咲光映還是抓著他的袖子，所以他只能坐在那裡。雖然感覺到屍嚴厲的視線，但他實在是身不由己。

靠著堅硬冰冷的岩石坐下來沒多久，眼皮就像鉛一樣重，一不小心就垂了下來。他眨了好次眼睛，甩甩頭，正努力抵抗睡意時，一個沉靜的聲音傳入耳裡。

「你也休息一下。」

弓起左膝坐在出入口的紅蓮，對他使了個眼色。

「不必勉強睡，閉著眼睛就行了，你應該也撐到極限了吧？」

他很想說才沒有呢，但這麼逞強也於事無補。

休息一下也無妨，反正有紅蓮在。不但紅蓮回來了，勾陣復元後也會甦醒。

他一邊調整呼吸，一邊思考今後的事。

有紅蓮在，逃離祖父與神將們的機率就增高了。待勾陣復元，機率又會更高。這麼

一來，就能設法連上通往人界的路，帶著屍和咲光映逃離……這個……世界……

「……」昌浩垂著頭，想著想著就倒下去了。

紅蓮搖頭嘆息。昌浩明明累到筋疲力盡，眼睛一閉上就會睡去，卻還是憑著意志力撐到現在。

看著昌浩與抱著膝蓋坐在旁邊的咲光映，紅蓮眨了一下眼睛。

忽然間，屍站起身來。

紅蓮把視線轉向他，他面無表情地說：

「我去看看周遭狀況。咲光映，跟我一起……」

紅蓮打斷他說：「留下她。」

屍露出犀利的眼神，但紅蓮不為所動。

「你仔細看，她睡著了，叫醒她很殘忍。有我看著她，不用擔心。」

「咦，咲光映？……妳累壞了吧？」

抱著膝蓋的咲光映一動也不動。

屍輕輕撫摸咲光映的頭髮，紅蓮緊盯著他看。

當昌浩拔起火焰之刃的刀影，解放被封鎖的神氣，幫紅蓮恢復本性時，紅蓮就感受到異樣的視線。

他轉動眼珠子，搜尋視線的主人，看到了屍。

屍用有如發燒般的昏沉眼眸瞪著紅蓮，嘴裡唸唸有詞。因火焰燃燒、神氣翻騰，以致於紅蓮並沒有聽見他在說什麼，但從他的神情看得出他大有問題。

在那座尸櫻森林，晴明與神將們在追捕這兩名孩子。

同袍什麼都沒說就發動了攻擊，紅蓮叫昌浩帶著兩個孩子逃走。

神將不可以攻擊人類。在不知道目的、不知道神將們想做什麼的狀態下，他絕不能把這兩個孩子交給同袍。

這是他當時的判斷。

然而，面對屍的視線後，他開始懷疑自己的判斷是不是錯了？

紅蓮的盤算是把咲光映留下來，屍就不敢亂來。

尸櫻、晴明與神將全都在追屍和咲光映。紅蓮不知道原因，只確定不能對他們掉以輕心。

在到達這裡之前的短暫時間，他看得出屍有多在意咲光映、有多關心咲光映，所以扣住這個女孩的去留非常重要。

紅蓮被屍凝視卻面不改色，毫不在乎。

「知道了……」

想起燒毀森林與邪念的灼熱火焰，屍才心不甘情不願地點點頭。

紅蓮盯著男孩走出去的背影，眼睛閃過厲光。

另一方面，走出去的屍，環視被黑暗覆蓋的周遭一圈。

風吹起了。

他眯起眼，迎著風往前走。

空氣在顫動，微乎其微的聲音傳入他的耳畔。

——已矣哉。

男孩迎風向前，臉上的表情出奇平靜。

「……已矣哉……」

意亂情迷地哼唱著的嘴唇，扭曲成笑的形狀。

◇　◇　◇

過去、現在、未來，都在夢裡。

猛然睜開眼睛，發現自己身在某間宅院裡。

昌浩張大嘴巴，眨了好幾次眼睛。

「咦……？」

這是哪裡？

他緩緩地站起來，環顧四周。

「慢、慢著，這究竟是怎麼回事？」

自己確實是進入了幽暗的石室，稍微閉了一下眼睛。

櫻花森林在哪？咲光映和屍呢？紅蓮和勾陣呢？

靠著附近柱子思考的昌浩，聽見輕微的腳步聲。

有個小男孩光著腳躂躂躂地往這裡跑過來，昌浩認得他。

「忠基？」

是大哥家的次子，也就是他的侄子忠基。

忠基直接從昌浩前面跑過去了。

「啊，喂……」

發現伸出去的手變成半透明，昌浩呆呆看著自己的手，恍然大悟。

啊，是夢？

「好清晰的夢……」

他「呼」地了喘口氣。

夢裡存在著一切。有過去也有未來。

夢是現實，現實是夢。

現在看到的光景說不定不是夢，而是現實。昌浩以為自己在作夢，或許他已經不在這世上，只是自己沒有察覺罷了。

不知道自己已經死亡而四處徘徊的死靈就是如此。

「不、不，我應該還活著。應該是、一定是。」昌浩甩甩頭。

「可能是靈魂出竅吧？」

有時候，靈魂會脫離身體到處徘徊。在那段期間，人沒死，但身體是空殼。

祖父使用的離魂術則是刻意那麼做。

昌浩還不會使用離魂術，應該是靈魂不知不覺中脫離了身體。

或者，被什麼硬拖出了身體？還是被誰召喚了？

但願是後者。靈魂毫無道理地脫離身體，萬一被昌浩的武術老師神祓眾的夕霧知道，一定會說他修行不夠，重新訓練他一次。

想起白髮紅眼的夕霧嚴厲表情，就想起依偎在他身旁笑得很不真實的女孩。

「不知道螢過得好不好……」

呈半透明狀的昌浩因看到忠基跑過去時的神情而有點擔心，便悄悄跟在他後面。

跑進自己房間的忠基蹲下來蜷起背部，小聲啜泣著。

驚訝的昌浩看見忠基的哥哥國成，板著一張臉走過來，橫眉豎目地說：

「別哭了，真是沒用。」

臉朝下方的忠基搖著頭。國成拱起肩膀，更生氣了。

「我叫你別哭啊。父親不是說了嗎？母親只是身體有點不舒服。你這樣哭哭啼啼，母親會擔心的。你要讓臥病在床的母親為你擔憂嗎？」

被哥哥斥責的忠基猛然抬頭，緊咬嘴唇，用袖子粗暴地擦拭被淚水濡溼的臉蛋。

依然板著臉的國成點個頭說：「很好。妹妹午睡就快醒了，你去陪她。」

「哥哥呢？」

「我要去讀漢詩。必須用功讀書，讓母親放心。」

忠基聽哥哥的話，走出了房間。國成則回到自己位於隔壁的房間，在桌前坐了下來，肩膀因沮喪而垂下。

昌浩詫異地皺起眉頭。「大嫂怎麼了……？」

桌上擺著幾本漢詩，但國成並沒有打開書的意思，緊緊抓住兩邊膝蓋。

「沒事、沒事，父親都說沒事就一定沒問題的。」

母親和肚子裡的孩子都會安好。

國成知道不會有事的。自己、弟弟、妹妹都生出來了，且好好地活在這裡。所以，下一個孩子足月後，也會健健康康地生下來，母親也會很快地好起來。

還不知道是弟弟或妹妹。父親總絮絮叨叨地說是男孩，但家裡已經有兩個男孩了，女孩只有妹妹一個，所以國成偷偷希望是個妹妹。

不過，他不再像以前弟弟、妹妹出生時那麼興奮地期待了。

他站起來，走出對屋，面向北方，雙手合十。

「呃，守護京城的……」

明知正在思考的侄子聽不見，昌浩還是忍不住脫口而出：「是貴船的高龗神。」

「啊，對哦……咦？」

國成訝異地環視周遭，並沒看到什麼人，他疑惑地重新面向北方。

「貴船的高龗神，請保佑……」

昌浩離開那裡往主屋移動。他知道大嫂懷了第四個孩子，但不知她發生了什麼事。

他來過這座參議宅院很多次，但當然沒去過他們夫婦的房間，並不清楚所在位置。

不過，貴族宅院的構造都差不多，所以他大約能猜出在哪裡。

從忠基剛才去過的房間，傳來熟悉的聲音。那是哥哥的聲音。

他決定待在外面偷看。即使是夢，也很難分辨清楚是夢還是現實。

冒冒失失的話，哥哥很可能會察覺，以為有來歷不明的人闖入因此發動攻擊，他可不想遭遇那麼可怕的事。

哥哥安倍成親可是個陰陽師呢，只要察覺到有誰要對自己的親人不利，絕對不會手下留情。

走下庭院，往房間前面走去的昌浩，發覺到處都是黑暗的陰影。以春天來說，也未免太冷了。

不只庭院，外廊附近、室內也都飄蕩著異常的冷空氣。

這不是一般的冰涼、寒冷。即使太陽照射或生火，都不能去除。

微陰的天空就快帶來了黑暗。

啊，是逢魔時刻。

無意識地這麼想時，有個聲音瞬間掠過昌浩的耳朵。

呸鏘。

昌浩全身豎起雞皮疙瘩。

他回頭一看，視野轉為黑暗，整個世界突然扭曲歪斜。

當扭擰塌扁的景色恢復正常時，已經換成了其他場所。

這是哪裡呢？正詫異時，看到快乾掉的水池，池邊還有一棵熟悉的樹。

「是二哥……」

是二哥的家。就是從這個水池冒出來的黑影，將他拖進了那個櫻花的世界。

「對了，梓……」他一直很擔心梓。

為什麼突然從成親家變成昌親家，昌浩決定不再思考了。

「這是夢啊，夢怎麼會有完整性呢，多想也沒意義……」

他喃喃自語著，並穿越庭院。

昌浩知道梓的房間。憑記憶摸索到那裡後，他從拉開的上板窗往裡面探看。

現在的他是透明的，所以他曾想過說不定自己可以穿越板窗或牆壁，但既然上板窗開著，就沒必要那麼做了。

「如果看不清楚，可以試試看……」

房裡有著被點燃的燈台，光線所及的地方鋪著墊褥，上面躺著一個女孩。

昌浩鬆了一口氣。女孩的表情很祥和，呼吸也規律。不只穿著單衣①，裡面還有一件袙衣②，可能是在睡午覺。

被屍與咲光映送回來後，她不知道如何回到了這個家。想必昌親、大嫂和其他親人都鬆了一口氣。

屍說她是被尸櫻魅惑了，但那是什麼意思呢？

昌浩想起祖父身上所散發的妖氣，懷疑梓會不會也沾染了那樣的妖氣。

他屏氣凝神來搜尋，但全然沒有發現那樣的妖氣。非但沒發現，還感覺有股非常祥和、清靜的氣籠罩著梓。

「咦……這是……」

原以為這是昌親為保護女兒而施行法術的氣，後來發現不是。

「是風音。」

這時，一個黑影從房間陰暗處喀喀地走出來，走到梓的枕邊時停下腳步，宛如在回應昌浩的想法。

歪著頭的漆黑烏鴉，是道反的守護妖。

「原來如此，太好了。」

有嵬在一旁，還有風音的靈氣籠罩著梓。不管梓曾遭遇多嚴重的事，看烏鴉那麼悠哉的樣子，就知道不用擔心了。

一直很擔心梓的昌浩，終於放下心中的大石。雖然還有很多問題沒解決，但梓已經沒事了。

昌浩悄悄從上板窗外面離開。

『嗯……？』

在梓枕邊的烏鴉忽然望向了上板窗。

它感覺那裡有股視線，詫異地發出低吟聲，飛到上板窗的木條上往外看。

沒看到什麼異狀。

『這是……？』

昌浩沒聽見嵬的低喃。

就在他從上板窗外離開的瞬間，耳膜響起了某個聲音。

啞鏘。

視野轉暗更換場景，整個世界塌扁歪斜。

身體失去平衡，踉蹌搖晃。

膝蓋差點彎下去，昌浩勉強踩穩了腳步，等視野恢復正常。

沒過多久，景色就轉為清晰，昌浩發現自己站在京城某處的道路中央。

太陽完全下山了。

「剛才是逢魔時刻，現在應該是半夜……吧？」

他仔細觀察周遭，看到小小的身影從前面走過來。

是熟識的小妖們。

「它們為什麼在哭呢？」

詫異的昌浩說得沒錯，三隻熟識的小妖哭得一把鼻涕一把眼淚。

它們不停地拭淚、抽噎，這邊走走、那邊走走，在道路上蛇行，還四處張望。

沒多久，獨角鬼用虛弱的聲音說：「在哪裡嘛……」

「怎麼可能……在這種地方嘛……」

龍鬼的尾音顫抖，聽不清楚在說什麼。

猿鬼跺著腳說：「這種事很難說吧？」

三隻小妖停在路中央，開始號啕大哭。

「找不到……找不到……」

「到底跑哪去了嘛……」

「明明放在那裡沒動啊！」

小妖們看起來很著急，昌浩便跑向了它們。

「喂，怎麼了？……對哦，你們聽不見我說話。」

昌浩在嘆息時，三隻小妖停止了哭泣，眨了眨眼睛。

「哦，不愧是小妖。對了，說不定聽見我的召喚，它們也能來夢殿。」

就像之前車之輔回應昌浩的呼喚那樣，呼喚它們的名字，身為妖怪的它們就可以在夢與現實之間來來去去。

「剛才……是不是有什麼……？」

小妖們東張西望，狐疑地蹙起眉頭。看來並沒有聽見昌浩的聲音，只是察覺好像有什麼東西。

正在思考該怎麼辦的昌浩，忽然聽見微弱的聲響，抬起了頭。

從前方傳來的車輪聲逐漸靠近，同時亮起了灰白的鬼火。

「啊，車！」

「原來是車聲啊。」

「是……嗎？」

獨角鬼傾斜著身軀。

在它們前面停下來的車之輔，掀起了後面的車簾。

『請坐上來。蜘蛛老爹說它看到有小妖抱著什麼茶色的東西，往那邊跑。』

三隻小妖飛跳起來。

「真的嗎？」

「快走啊，車！」

「別讓它跑了！」

『是！』

妖車正要往前跑時，忽然張大眼睛四處張望。

『……？』

昌浩苦笑著，用透明的手推了車子一把。

他不知道發生了什麼事，但這件事想必對小妖們來說很嚴重。

竹三条宮的脩子和藤花若看到感情深厚的小妖們這麼沮喪，一定會擔心。

「沒關係，車之輔，你去吧。」

車之輔眨了眨眼睛，歪著頭往前跑。

它們都離開後，黑暗中只剩昌浩一人。現在黑暗已經不可怕了，只是感覺不太舒服。

人過度疲勞，作的夢大多是惡夢。

「呃，祓除惡夢的祭文是什麼呢……」

在夢裡唸也有效嗎？正在思考這件事的昌浩，察覺空氣出現變化，屏住了呼吸。

與夜晚的黑暗不同的陰沉籠罩周遭；與夜氣的冰涼不同的寒冷沁入骨髓。

心臟在胸口撲通撲通狂跳。

全身寒毛直豎。脖子附近有緊縮的感覺，一股戰慄掠過體內。

本能告訴他千萬不要回頭，身體卻不聽使喚，自己動了起來——

……呸鏘。

◇ ◇ ◇

小怪的陰陽講座

①單層和服。

②穿在內衣與外衣之間的衣服。

2

猛然張開眼睛，整片視野都是刺眼的橙色光芒。

「……唔……唔？」

他緩緩抬起頭，發現自己是低著頭倚靠在某人的膝蓋旁。

「你醒了啊？昌浩。」

聲音的主人有著褐色肌膚、深色頭髮，是個身型修長的男人。嘴角露出尖尖的虎牙，金色雙眸盯著他。套在額頭上的金箍反射出光線，相當刺眼。

昌浩眨了眨眼睛。

「紅蓮？」

「怎麼了？你睡昏了嗎？」

從嘆氣的紅蓮的斜上方響起淡漠的聲音。

「是不是睡覺的姿勢不對，作了奇怪的夢？」

昌浩往那裡望去，看到一個瘦瘦的女人雙臂合抱胸前，烏黑的頭髮不到肩膀，沉靜的雙眸與頭髮同樣顏色。

女人單腳跪在紅蓮旁邊，伸出手來確認昌浩的狀況。

「壓到胸部，呼吸不順暢，就會作惡夢。」

「我的姿勢有那麼糟嗎？」

被紅蓮一把抱起來的昌浩，猛眨眼睛。

紅蓮把他放在膝上，與他面對面，粗暴地撫摸他的頭。

「是不是像勾說的那樣，作夢了？」

「嗯……」

是的，作夢了。

「什麼樣的夢？」

被問的昌浩試著回想。

「不知道……」

看到年紀尚小的孩子表情困惑，換勾陣撫摸他的頭。

「聽說作的夢太可怕就會忘記。」

「是嗎？那就忘了吧。」

昌浩交互看看兩人，點點頭。

紅蓮點著頭說很好、很好，又想起什麼似地補充說：

「等一下請晴明教你祓除惡夢的祭文吧。」

「祓……祓除惡夢？」

用詞太過艱深，昌浩滿臉疑惑。

紅蓮前思後想，該怎麼說這孩子才聽得懂呢？

「嗯……就是把可怕的夢或不好的夢趕走的咒文。」

「咒文？」

「詳細內容去問你爺爺吧。」

紅蓮放棄解釋到他懂為止了。

「去問爺爺？」

「對、對。」

「我知道了。」

「很好。」

看到紅蓮一一點頭回應，勾陣噗嗤一笑，紅蓮不悅地蹙起眉頭。

「笑什麼？」

「沒有啦，只是覺得你對他很有耐心呢。」

紅蓮看出她的眼神像是在說「沒想到騰蛇會這樣」，拱起了肩膀。

「再過兩三天妳也會變成這樣。想讓兩歲小孩聽懂我們說的話，需要耐力和毅力。」

在這兩年，紅蓮大量培養出了以前幾乎沒有的這兩種能耐。

勾陣聳聳肩，臉上顯露出「這種事我當然知道」的表情，卻什麼都沒說，因為她知道說出來只會讓紅蓮更不高興。

聽見開門聲，勾陣站起身道：

「回來了啊？那我回異界了。」

紅蓮默默舉起一隻手道別。勾陣用眼角的餘光看著他那個動作，苦笑著隱形，回到異界去了。

「不見了。」

昌浩顯得有點落寞，紅蓮回應他說是啊。

「她回我們的世界了。」

「會再來嗎？」

「不知道呢……等她想來，可能會再來吧。」

今天紅蓮也沒叫她來。十二神將勾陣向來隨興所至，很少降臨人界。

安倍家的人都有各自的事要出門，所以晴明找來了紅蓮。

由於青龍、朱雀、天一要陪同晴明外出，晴明便叫紅蓮看家。明明還有其他同袍在，為什麼要找我呢？紅蓮不是沒有這樣的疑惑，但既然是主人的命令，他也只能遵從。

找他來看家、照顧昌浩是無所謂，就怕自己一個人做不好，正擔心時勾陣就現身了。

她完全沒提起要幫忙做什麼之類的話，只是漫無邊際地閒扯淡。

回想起來，光是這樣就讓自己放鬆了許多。

這時，晴明和抱著書和道具包裹的朱雀與天一都進來了，獨缺青龍的神氣。因為有紅蓮在，他不想與紅蓮同處一室，所以先行回去異界。

昌浩站起來，小碎步跑向晴明。

「爺爺……」

看到昌浩抓住剛剛回來的自己，滿臉委屈的樣子，晴明也很緊張。

「怎麼了？昌浩。」

晴明抱起還很輕的小孫子，兩人的視線相對。紅蓮向他解釋：「他剛才睡著了，好像做了夢。」

這麼說晴明就懂了，「嗯」了聲回應紅蓮。

「是不是作了惡夢？昌浩。」

昌浩蹙起眉頭，歪著頭說：

「不知道……」

因為怎麼樣都想不起來，他便據實回答。

祖父溫柔地對著他笑，點點頭說：

「不知道啊？那可能是很可怕、很討厭的夢哦。我教你咒文，你跟著我一起唸吧？」

昌浩點點頭。

「準備好了嗎？夢都被貘吃掉，心情愉悅，迎接黎明，驅邪淨化。」

「咦？」

「沒關係，這樣吧，一個字一個字唸唸看。夢都……」

結結巴巴跟著晴明唸咒文的昌浩，情緒慢慢緩和下來。

這樣就安全了。

爺爺有強大的力量，知道很多厲害的咒文。以後，他會把這些都學起來。

可是，這麼長的咒文會不會很難記呢？他有點擔心。

晴明抱著昌浩在矮桌前坐下來。朱雀和天一把行李放在桌旁不會阻礙通行的地方，向晴明行個禮就消失了。

紅蓮錯過離開的時機，不得不留下來，看著老人與孫子。

太陽快下山了。紅蓮站起來，把燈台拿到矮桌附近，用神氣點燃只剩半截的蠟燭。

「麻煩你了。」

「不會……你在看什麼？」

攤開放在桌上的書，從筆跡來看，是晴明自己寫的。

「接到麻煩的委託案正在想該怎麼拒絕……因為扭曲世間的哲理是很棘手的事。」

光聽這句話，紅蓮就知道是怎麼樣的委託。

「人類就是這樣，硬要扭曲哲理，背負業障。你擁有幫他們完成的力量，所以把事情攪得更麻煩。」

「我？」

「他們會作不該作的夢，是因為你讓他們作夢。」

「你還真敢說呢……」

紅蓮雖是手下，但晴明儘管臉色很難看，還是沒斥責他或要他收斂，因為他的話一針見血。

紅蓮拱起肩說：「陰陽師就是這樣吧？作夢、讓人作夢、操縱夢、製造夢。」

「沒錯，這是其中一面……」

聽著大人們深奧的對話，昌浩逐漸有了睡意。

躺在祖父臂彎裡，既溫暖又安全，旁邊還有紅蓮。

睡著後，可能還會作可怕到記不得的夢，但有祖父在，絕對不會有危險。

「嗯？又想睡了嗎？昌浩。」

「他剛才沒睡飽就醒了。」

「你沒讓他好好睡午覺嗎？紅蓮。」

「我有盡力哄他睡啊，我盡力了。」

昌浩在湧現的睡意中飄搖，不經意地聽著兩人的說話聲。

逐漸模糊的對話，成了搖籃曲。

沒事了。

不管作什麼夢都有祖父在，沒什麼好怕的。

不管作什麼樣的惡夢，只要有祖父在，就不用害怕。

他這麼相信。

◇　◇　◇

風音躺在竹三条宮的房間，抬起了眼皮。

「惡夢啊，速速散去。」

她爬起來，嘆口氣，撩起蓋到眼睛的頭髮。

睡得昏昏沉沉時，似乎有誰讓她作了惡夢。

不是自己作了惡夢，而是誰讓她作了惡夢。雖然沒有證據，但確實有那樣的感覺。

躲在命婦體內潛入這棟宅院的邪念，很可能還留在某個地方。

風音甩甩頭，把外褂披在單衣上，走出房間，爬到屋頂上仰望天空。

快變成上弦月了。月出大約在午時，月沒大約在亥時前。

天空覆蓋著一層薄雲，看不見星星。已經不見月亮的影子，無法判斷正確的時間，但她猜測應該已過了半夜。

命婦叫嚷著莫名其妙的話語，緊緊抓住藤花，沒多久就昏過去了。大家都以為她瘋了，便將她抬進房間。隔間的屏風也換成了木板，面向出入口的庭院也有好幾個侍從看守。以防她萬一又發作大鬧，可以立刻壓制她。

命婦也有錯。是存在於她心中的某種情感讓妖孽有機可乘。

正如風音對脩子所說的那樣，沒有察覺到這事是風音的失誤。她一直待在這裡，也經常注意在竹三条宮工作的所有人，沒想到命婦還是做出了那樣的暴行。

被侍從帶走的命婦由菖蒲跟在旁邊伺候，藤花則陪伴著嚇傻的脩子。

進入主屋後，脩子交代侍女把插在各個房間的桃花都集中到命婦的房間，叫藤花回房間休息，交代不用準備晚餐，就鑽進床帳裡不出來了。
傍晚過後，去昌親家探望梓的嵬回來了。風音叫它去陪脩子，它二話不說就去了主屋，鑽進床帳裡。進去之後就再也沒出來，可能是被脩子抱住了。
藤花大受打擊，面色鐵青地回到房間就躺了下來。
那背影令人心碎，風音很難過，但她還有事情要處理，無法盡心幫她。
小拇指的指甲大小的黑臉，纏繞著命婦。在那些東西出現時，從某處傳來了水聲。
它們一面重複件宣告的預言，一面在命婦的周遭繁衍。
雖然被風音的力量驅除了，但沒有完全消失。
那些黑臉還盤據在命婦體內。她昏迷不醒的原因，很可能是生氣被侵蝕了。
因為夜氣太冰涼，還微微飄蕩著妖氣，令她光著的腳丫子越來越冷。
接觸妖魔或死靈的話，生氣就會被侵蝕，使身體逐漸冰冷。
剛才依附在命婦身上的東西四處飄浮，風音爬上屋頂時就被纏住了。
有道神氣降落在拍手擊掌的風音身旁。
現身的六合表情十分嚴肅，令風音詫異。
「你怎麼了？」
「我才想問妳怎麼了？」

六合從肩膀扯下深色靈布，包住風音。飄浮在她腳下的妖氣，發出微弱的聲響瞬間散去。

「幹嘛讓那些東西纏住妳？」

風音聳聳肩說：

「我也不想這樣啊。可是，在它們以我為目標的期間，其他人就不會受害吧？我想用自己當餌，把它們一網打盡。」

「我不能贊同。」

「對不起……」

風音自己也知道，這不是上上策。脩子親眼看見命婦的暴行，心靈受到嚴重創傷。她再怎麼堅強，畢竟也還是個孩子。

有嵬陪著她，多少可以帶給她一點安慰，但打擊太重、太大，恐怕要花很長的時間才能重新振作起來。

想必藤花也是一樣。

風音嘆了口氣，用手把玩靈布的一角，想著種種事情。

她知道只要昌浩回來，脩子和藤花就會有安全感。

昌浩能不能早點回來呢？他什麼都不用做，只要來見見她們、聽聽她們說話，然後告訴她們不會有事，就會有很大的幫助，沒有憑據也沒關係。

即使沒有憑據，陰陽師的話還是很有用。尤其，是她們信任的昌浩所說的話更有用。

但她也明白，昌浩一定是被捲入了什麼重大事件，所以無法回來。

邊把玩著靈布的一角，邊四處張望的風音忽然蹙起了眉頭。

「彩輝，這是怎麼回事？」

扯下靈布的六合，身上穿的甲冑有無數傷痕。而且很新。有的是被某物撞擊的痕跡，有的則是被堅硬的東西削過的痕跡。

風音用手指撫摸確認。原本光滑的表面變得很粗糙，摸起來刺刺的，一不小心就會刺穿皮膚。

六合用神氣淨化胸口附近，對瞇起眼睛甩著手的風音說：

「上次我不是說過嗎？吉野附近出現好幾隻很難纏的妖怪。」

「又出現了？」

風音大為驚訝，六合對她點點頭。

妖怪會突然出現，又突然消失。

「我追逐晴明的足跡，就會遇上那些妖怪。它們一看到我，就撲上來了。」

六合去追沒被徹底殲滅而逃走的妖怪時，遇到散布在吉野的村落的人，差點釀成大災難。

——好像很好吃。

他清楚看見大到幾乎佔半個頭的眼睛，因喜悅而扭曲歪斜。

甲冑的傷痕是為了讓村人逃走，與妖怪大戰時而產生的。

聽完六合的話，風音眨眨眼睛說：「追逐晴明的足跡就會遇上？」

六合點點頭說：「對。」

晴明的足跡也一樣，處處殘留著他微弱靈氣的殘渣。那些足跡表面上看起來沒什麼，其實氣很混亂，紛擾不安。

六合說，感覺就像只做表面工夫，掩飾波濤洶湧的騷動。

風音用手指按著嘴唇。

做表面工夫，隱藏底下的混亂，是為了隱藏晴明待過的痕跡嗎？還是為了隱藏晴明對想把他帶往某處的某人的抵抗？

「彩輝……我在思考一件事。」

六合默默催她往下說。

在她為了去找梓而降落的地方，出現了件。那隻妖怪沉入的水面，映出了垂頭喪氣的昌浩、躺在他旁邊的十二神將勾陣、茂盛的櫻花森林。

留下晴明痕跡的地方，是吉野的櫻花森林。

妖怪出沒的地方，也是櫻花森林。

櫻花。

在南殿一直沒開花的櫻花樹的母樹，明明已被清除氣枯竭，卻又枯萎了。在那棵樹下，她看到兩個孩子。

發生了太多事，但全都有個共通點，那就是櫻花。

空間的相連，使原本沒有交集的兩個世界出現了通路。那兩個孩子經由那個通路，將梓送回這個世界後，又回到通路另一邊的世界。

是酷似晴明靈氣的妖氣，把梓拖進了那裡。梓回來後，魂魄被拆開，魂在靠近幽世的地方，落入件的手裡。

拆開魂魄的招數，一般人不可能做得到。連擅長這種法術的陰陽師，都沒有幾個人有這樣的能耐。

拆開梓的魂魄的人不但有這種能耐，還會操縱酷似晴明靈氣的妖氣。

這個人恐怕就是——安倍晴明本身。

「如果把昌親大人的女兒拖進去的力量，真的是來自晴明大人……」

風音知道晴明的出身。他的母親是上通天神的妖怪天狐，半人半妖的他繼承了母親的能力。
以人類的身分活下來而被稱為靈氣的氣，若傾向陽側就會成為神氣；傾向陰側則成為妖氣。
晴明應該是出了什麼事，使他偏向陰側，徹底沾染了妖氣。如果釋放的力量是妖氣，就是體內的妖怪所釋放的。
風音的腦海閃過了，在靠近幽世的地方被拆開魂魄的小女孩身影。幸好她及時用法術讓梓復元，否則魂魄被拆開一段時間後，只剩下魄的梓就會性情大變。
「晴明可能是失蹤後被什麼附身，沾染了魔性。」
或是跟梓一樣，魂魄被拆開，體內只剩下魄了。
聽到風音的低喃，六合的肩膀微微顫動。不說話的眼睛暗示著風音，他也一直在思考這個可能性。
風音直盯著六合。
十二神將是安倍晴明的式神。他們彼此相繫。
如果晴明真的出了什麼狀況，六合卻沒有感應到，表示他們相隔太遠，遠到無法傳遞異狀，連六合都感應不到。那個地方非常遙遠，遠到同袍的氣息、聲音都無法傳遞，在人界裡沒有那樣的地方。

可見晴明所在的地方，是這裡之外的其他世界。

那麼，是哪裡呢？

一定是把梓帶回來的那兩個孩子所回到的世界。

「彩輝，你為什麼會想去吉野的櫻花森林找晴明？」

六合眨眨眼睛，回答風音：「直覺告訴我就是那裡。」

但同時，他也覺得不是那裡。

原本是想沿著足跡追下去，總會有什麼結果，所以他把五種感官發揮到極致，不放過任何蛛絲馬跡。

六合看著自己的手，用缺乏抑揚頓挫的語氣說：

「哪怕是一聲也好，只要晴明叫喚我的名字……」

不管聲音多微弱，神將都會聽見。不是傳到耳朵，而是傳達到靈魂最深處。

主人的聲音會越界傳遞。

風音默默聽著六合的話，眼睛瞬間亮了起來。

「傳遞……對了……」

主人與式神彼此相繫，那種牽絆比血緣更強、更深。

光靠風音自己的力量很難做到，但有六合在，說不定做得到。

「或許可以把晴明大人所在的地方與這裡相連接。」

由於不知道晴明在哪裡，一直以為無計可施了。但現在，無論是哪裡都無所謂，只要有六合在、有十二神將在，就能開出連接晴明所在的世界與這裡的通路。

風音說出自己的想法，六合微微張大了眼睛。

「可是，陪在晴明身旁的同袍都聽不見我的聲音，想必晴明也是。」

風音點點頭說：

「即使聲音傳不到，你們還是彼此相繫吧？神將不管身在何處，都會感應到彼此的死亡衝擊，晴明大人也一樣吧？」

六合啞然無言。沒錯，即使沒被叫喚，他也能感應到晴明的危機。然而，那只限於在人界與他們居住的世界。

透過這次的失蹤，他才知道，晴明若去了其他未知的世界，就不會傳來任何氣息，他也感應不到。

「不，那純粹只是因為不知道那個世界吧？不知道的東西等同於不存在。」

但那個世界確實存在。風音可以把自己在靠近幽世的地方所看到的東西，展現給六合看。

「只是世界不同，道理都一樣。當然，如果可以由晴明大人或神將們呼喚我們，更

能提高確定性……」

但完全不能期待。

「我知道了，試試看吧。」六合回應。

風音有點支支吾吾地說：

「可是……一定會造成很大的負擔。」

「沒關係。」

總比漫無目標地四處搜尋好多了。

風音抓著靈布思索。

「昌浩也一樣，如果跟他有強烈羈絆的人呼喚他……」

對風音而言，藤花絕不在選擇內。如她剛才對六合所說，這種事會造成極大的負擔。

藤花雖然有靈視能力，但畢竟是普通人，絕對無法承受。

「單獨一個人太危險，可以找成親和昌親協助……」

六合正要說什麼時，從某處傳來嘎啦嘎啦的車輪聲。

兩人沉默下來，往那頭望去。

點著灰白鬼火的妖車從南邊往竹三条宮駛來。

妖車停在竹三条宮的圍牆旁，啪唦地掀起了前車簾。

三隻垂頭喪氣的小妖從車內走出來。

「今天……也白跑了一趟。」

『請振作起來，在下也會盡全力協助你們……』

風音看著啪吵啪吵揮動著車簾的妖車，喃喃說道：「那是……昌浩的……」

「是啊。」

六合簡短回應。

主人與式彼此相繫。

牛車妖怪車之輔，是陰陽師安倍昌浩唯一的式。

3

夢是現實，現實是夢。

夢境才是現實嗎？現實會成為夢境消失嗎？

有種醒來的感覺，五官逐漸變得清晰。

全身汗涔涔。

「……」

昌浩眼皮顫動著，他緩緩張開眼睛，卻只看到一片黑暗。

好暗。而且特別乾燥、沉悶。

心臟發出撲通撲通的脈動聲。全身重得像鉛，連動根手指都有困難。

茫然徘徊的視線，捕捉到坐在黑暗中的身影。

是十二神將火將騰蛇，也就是紅蓮。

他望著其他地方。看起來像是很放鬆地坐著，又像是嚴陣以待，有什麼事發生時可以立即採取行動。

這究竟是夢還是現實呢？

很多時候，以為是現實卻是夢。剛才作的夢也是這樣。這也許是剛才的夢的延續。

昌浩定住不動，察覺視線的紅蓮慢慢地轉向了他。

「你醒了啊？昌浩。」

昌浩心想跟剛才在夢裡聽到的話一模一樣呢。

「是夢嗎……？」

「怎麼了？你睡昏了嗎？」

又是同樣的話。

頭腦漸漸變得清晰。他慢慢想起這裡是哪裡、發生了什麼事。

「這是……現實？」

他希望是夢，所以一定是現實。

很不希望是現實的種種浮現眼前，他好希望那些都是夢。

昌浩打從心底不想醒來，這是他無法說出口的真心話。

他躺著嘆口氣，開口問：

「紅蓮，你一直那樣坐著嗎？手不會麻掉嗎？」

「不會啊，又沒多重。」

昌浩心想，讓勾陣躺平，他們兩人都會比較舒服吧？

紅蓮從他的表情看出他在想什麼，微微嘆口氣說：

「其實最好是能回到異界……」

可是回不去，只好一直抱在懷裡，讓勾陣不斷接觸自己的神氣。

勾陣的頭靠在他的左肩上，他看著勾陣的臉，皺起了眉頭。

「還沒有恢復血色。神氣被吸到這麼精光，會留下後遺症。」

金色雙眸盯著毫無血色的眼皮，浮現深深的憂慮。

「發生了什麼事？」

紅蓮的眼睛並沒有看著昌浩，但他的確是在對昌浩說話。

該從哪裡說起？又該怎麼說呢？昌浩邊思考，邊用手肘撐起身體時，赫然發現了一件事。

自己的頭不知道為什麼枕在咲光映的膝上。

昌浩嚇得瞪大了眼睛，咲光映用虛弱的聲音對他說：

「我看你睡得不太舒服，所以……」

所以她把昌浩的頭放在自己膝上，希望昌浩可以休息一下。

昌浩猛然轉頭面向紅蓮，用視線大吼為什麼不制止她，紅蓮淡定地說：「太好了，枕頭的高度剛剛好，你睡得很舒服吧？」
昌浩反射性地張開嘴，卻因察覺到咲光映的視線，就把話吞了回去。
他趕緊搜尋那個肯定正用犀利眼神看著自己的人，疑惑地歪起了頭——不大的石室內，不見屍的身影。
「屍呢？」
咲光映的肩膀顫動了一下。紅蓮看到這幕，瞇起了眼睛。女孩垂下視線，雙手在膝上緊緊交握。
從雙頰披下來的頭髮，遮住了她僵硬的表情，所以昌浩並沒發現。
「你一睡著，他就說要去偵察周遭狀況，出去很久了。」
聽完紅蓮的回答，昌浩眨了好幾下眼睛。
「丟下咲光映嗎？真難得，屍竟然會離開她身旁。」
「因為她睡著了，我說叫醒她太殘忍，就叫屍自己去。」
「這樣啊……咦？」昌浩轉頭看著女孩說：「等等，我是從何時枕在妳膝上的？」
咲光映垂著頭，用細微的聲音說：
「屍出去我就醒了……在那之後沒多久……」
「一直到現在？」

少女默默點頭，昌浩慌張地說：「那妳不是沒睡多久嗎？哇，咲光映，妳快點睡，我來當妳的枕頭。」

「咦……」

咲光映目瞪口呆地抬起頭，紅蓮也受不了地插嘴說：

「別當枕頭了，快去外面看看吧。」

「咦？」

「我不是說屍出去很久了嗎？但我不是要你去找他，是要你去看附近有無追兵。」

那座森林裡的邪念和妖怪都被紅蓮的火焰連同森林一起燒盡。但那些不會就是全部吧？紅蓮可沒那麼樂觀。其他妖怪大有可能聽到喧囂聲又聚集過來，邪念的波浪也遲早會再從某處席捲而來。

那傢伙勢必會追上屍與咲光映。

目前，從出入口附近看得到的範圍內沒有任何異狀，但還是小心為上。

昌浩眨眨眼睛，皺起眉頭。平常，紅蓮會二話不說就扛起這種工作。

難道他只是看起來沒事，其實比自己想像中的還要疲憊嗎？

「紅蓮，你還好吧？」

「等解決所有事，雙倍奉還給朱雀後，我就會睡到癱。在那之前，我不會有事。」

這樣不能說是沒事吧？昌浩這麼想，但沒說什麼就站了起來。

紅蓮帶著火焰之刃的刀影追上他們，還爆出灼熱的神氣解救他們脫困。昌浩希望他的體力多少可以復元。

「我去外面看看。」

咲光映不安地注視著昌浩走出去的背影，耳朵傳來紅蓮低沉的聲音。

「為什麼裝睡？」

女孩的肩膀抖動起來。

剛才屍叫她時，她沒睡著，只是裝睡。

等屍出去後，她才裝出剛醒來的樣子抬起頭。她沒問紅蓮不見人影的屍去了哪裡，反而深深地嘆了一口氣。

看到在旁邊打呼的昌浩眉頭緊蹙，為了讓他睡得舒服些，便把他的頭移到自己的膝上，而且小心翼翼沒吵醒他。

女孩畏懼地縮起身體，眼神飄忽不定。

紅蓮毫不留情地接著說：

「這傢伙為什麼會變成這樣？神氣喪失到這種地步，太不尋常了。」

以前，勾陣曾經被冥府的官吏陷害，喪失了神氣。當時也是連站起來的力氣都沒有，但還不到這種程度。
現在的她卻只剩下勉強可以呼吸的力氣。就連那點力氣都沒有的話，早已死了。
紅蓮這麼覺得。
在他變回原貌時，勾陣曾短暫清醒。那是因為接觸到十二神將火將騰蛇爆發出來的神氣，所以恢復了一點點的氣力吧。幸虧因此稍有好轉，還不至於現在就會怎麼樣，但不知道何時才會甦醒。
咲光映從懷裡拿出一塊布，低著頭斷斷續續說起了來龍去脈。
每次回想起來就會痛徹心扉，身體逐漸冰冷。都怪自己不好的念頭，使她痛苦不堪。
因為低著頭，沒看到紅蓮的眼角漸漸吊起來，對她來說或許是幸運吧。
就在她說完時，昌浩回來了。
「好像沒什麼危險……咦，咲光映，妳怎麼沒睡呢？」
女孩緩緩抬起頭，眼珠上翻地看著昌浩，然後悄悄瞥向紅蓮一眼。
紅蓮是凶將，原本就散發著可怕的氛圍，現在的表情更是猙獰、嚇人。
咲光映顯然嚇得縮起了身子，臉色發白。昌浩介入她與紅蓮之間坐了下來，把她擋在後面。
「紅蓮，你的臉那麼兇，很可怕耶，不要嚇小孩子嘛。」

昌浩嘆著氣，提出小小的抗議，紅蓮不滿地回他說：

「我沒那個意思。」

「你沒那個意思還是很嚇人啊！」

女孩完全被昌浩的身體擋住了。

紅蓮半瞇起眼睛。

「你對那孩子很好呢，昌浩。」

聽出紅蓮的口氣不太友善，昌浩大感意外。

「叫我帶著他們逃跑的人是你吧？紅蓮，何況……」

昌浩轉頭看了咲光映一眼。她像隻小動物般蜷縮著身子，躲在昌浩後面，閉著眼睛。

她的左手緊抓著昌浩的狩衣下襬，發出規律的打鼾聲，臉色卻十分蒼白。

昌浩把她的手指一根一根從下襬撥下來，悄悄站起身，邊躡手躡腳走向出入口，邊默默向紅蓮招手。

紅蓮瞥了咲光映一眼，確定她這次真的睡著了。

拱起肩膀的紅蓮嘆口氣，抱著勾陣站起來。

石室一片漆黑，在看得見的範圍內什麼都沒有，也沒有追兵追來的跡象。

邪念和妖怪很可能再來，昌浩一邊提防著，一邊走到離石室稍遠的地方停下來。
「那兩個孩子一直被追趕，快撐不下去了。不對他們好點，太可憐了。」
「你要這麼想是你的自由，但我沒義務配合你。」
紅蓮瞥了一眼石室，表現得相當冷漠。
昌浩不懂原因。
「你跟咲光映聊了什麼？她是不是說了什麼惹你生氣的話？」
「不是因為那樣。」
紅蓮先看看勾陣的臉，再環視周遭一圈。
風吹起了。在這樣的黑暗中，如果是一人獨處又只聽見風聲，莫名的恐懼便會油然而生。
「昌浩，我不在的期間裡發生了什麼事？」
昌浩想起紅蓮剛才也問了同樣的話，他還沒回答。
「呃，就是件出現，說了預言……」
「件的預言？它說了什麼？」
「它說……」
才剛開口，昌浩就決定不說了。

「沒什麼……反正已經結束了，也沒有應驗。」

——火焰之花將消失於同袍之手。

這個預言沒有應驗，紅蓮回來了。

件曾說過好幾個預言。都說件的預言一定會應驗，但這次沒有。

是的，紅蓮戰勝了件的預言。所以，他們也能戰勝件的其他預言。

紅蓮催促他往下說。

「然後呢？」

「我們正在想該逃去哪裡時，咲光映說有座森林還沒沾染魔性……」

昌浩依序往下說，將看到的事、聽見的事、發生的事都盡可能正確地告訴紅蓮。

包括筋疲力盡的一行人，為了稍作休息，逃進了那座櫻花森林。

包括屍他們的村子、妖魔、森林之神。

包括謊稱是幾十年一次的婚禮，其實是被當成了活祭品。

包括開始沾染魔性的森林之主的櫻樹，開出來的花不是粉紅色而是紫色。

「所以勾陣的神氣被……」

「嗯，這件事我剛才聽咲光映說了。」

「是嗎？」

面對比平時冷酷、可怕的紅蓮，咲光映都據實回答了嗎？

既然如此，昌浩就跳過那裡，大略說到與紅蓮重逢為止，他「呼」地喘了口氣。

這樣說一遍，就能匯整出發生了什麼事。由於發生了太多事，思緒還一團亂。

必須重新思考接下來該怎麼做。

為了趕快連接通往人界的路，把屍和咲光映帶到道反聖域請求庇護，他要找到可以連接人界的樹木，並盡全力協助會使用這個法術的屍。

「啊，在櫻花森林走散時，勾陣發生了什麼事我真不知道，等她醒來再問她吧。」

「知道了。」

這麼回答的紅蓮表情凝重，好像在深思什麼，金色眼睛四處飄蕩。

昌浩把視線從沉默不語的紅蓮身上移開，轉向石室。

「我想盡可能協助那兩個孩子。」

「為什麼？」

紅蓮不假思索地質問，令昌浩驚訝。

「為什麼……？因為咲光映他們不斷被追捕，過得很痛苦啊！雖然不清楚原因。」

昌浩不懂紅蓮為什麼問這種理所當然的事。

「看著他們，就會想起以前的自己。那兩個孩子，很像我和她。」

「哦？」

紅蓮的目光透著厲色。

昌浩望向遠處，瞇起了眼睛。

那兩個孩子所走的路，是十三歲的昌浩與十二歲的她沒有選擇的路；是幼小的心靈，抱著傻乎乎的想法、拚命思考，最後決定放棄的路。

與當時的昌浩和她同年紀的孩子們，讓昌浩看見了假設性的畫面。

昌浩不由得這麼想。

但絕不只是因為這樣。

咲光映被尸櫻魅惑了。至今以來，尸櫻不知道吃了多少人才存活下來。

「我不能認同要把村長的親生女兒獻給森林之神，才能換來村子幾十年的和平。」

默默聽著昌浩說話的紅蓮，這時才開口說：

「森林之神……是尸櫻嗎？」

「是的。」

「屍那麼說嗎？」

「嗯……咦？」

昌浩一陣愕然，盯著紅蓮看。

金色雙眸很平靜，發出來的聲音也很順暢。

「屍說過森林之神就是尸櫻嗎？」

昌浩在記憶裡搜索。出了櫻花森林，就是他們的村子。在不知不覺中消失的村子，其實是遙遠過去的幻影，村子早就滅亡了。

「森林之神憤怒發狂，奪走所有村人的性命，村子被黑色邪念吞噬消失不見……」

屍說過的話，是從嘴巴自動冒出來著，昌浩在虛空中再次看著當時看見的光景。

都是你的錯、都是你的錯、都是你的錯、都是你的錯。

昌浩眨著眼睛，挖出體內的記憶。

「村人對屍說……都是你的錯……」

昌浩的視線跳過紅蓮，望向了遠處。最強的鬥將再次向他確認：「森林之神就是尸櫻，沒錯嗎？」

「欸……呃……」

昌浩猶豫不決，支支吾吾，不懂紅蓮為什麼要再三確認這件事。

更糟的是，他對自己的記憶越來越沒自信了。

「沒錯吧，應該沒錯，村人把咲光映獻給了森林之主的櫻樹……」

霎時，昌浩的心狂跳起來。

森林之主的櫻樹，是與尸櫻匹敵的巨樹。

屍與咲光映所在的森林，是他們不斷重複同樣日子的森林。所以，那棵森林之主的櫻樹，就是森林之神——

「咦……？」

昌浩按著左右的太陽穴，視線飄來飄去。

招來死屍的櫻樹，是紫色的花。咲光映差點被當成活祭品來獻上的巨樹，花蕾的顏色逐漸改變了。

但在完全變色前被獻上活祭品的櫻樹，吃下多少祭品，魔性就被淨化多少，又變回了原來的櫻樹。就這樣，原本被炸毀的森林瞬間復甦，綻放美麗的花朵，開始凋落，覆蓋了整片荒蕪的大地。

沒有綻放紫色花朵的櫻花巨樹，不能稱為「尸櫻」吧？

沾染魔性的櫻樹才是「尸櫻」，會招來死者的遺恨，開出污穢的花朵。而污穢的花朵會招來死亡。

當時，森林之主的櫻樹，在開花前就被神氣淨化了。

所以勾陣才會倒下。因為她被奪走的神氣與生氣，多到足以消除那座森林的污穢，讓森林復甦。

胸口怦怦跳動。

思考無法集中。好奇怪。有強烈的突兀感。

在村子裡，聽屍說完真相後，自己是怎麼回答的呢？

——妖魔是所有一切的元兇。既然這樣，把妖魔打倒就行了。

打倒被當成森林之神的妖魔。

然後屍怎麼說呢？

——真的可以打倒妖魔嗎？

「……」

昌浩張大了眼睛。

屍沒說。

他完全沒提到尸櫻。

祖父的身影閃過腦海；追捕屍與咲光映的尸櫻閃過腦海。

所以，昌浩把森林之主的櫻樹的活祭品咲光映，想成了尸櫻的活祭品。

他是這麼想的。屍卻沒回應他。沒說不是，卻也沒說是。

看到屍那個樣子，昌浩當然會認定就是那樣。在昌浩的思考中，已經完整架構出「森林之神是妖魔也是尸櫻」的圖表。

從昌浩的表情看出端倪的紅蓮，又提出了別的問題。

「聽咲光映說，勾的神氣會被吸光，起因是勾用來擦拭傷口的布的血被邪念吞噬。」

昌浩搞不清楚紅蓮的用意，只能點頭說：「嗯，是啊。所以咲光映很自責，一直說是自己的錯。」

屍拚命安慰她，不停地說不是她的錯。因為把布拿走的是屍，是他被邪念攻擊時，不小心把布弄掉了。

「那不是咲光映的錯，當然也不是屍的錯。不能怪任何人，只是最糟糕的偶然碰在一起……」

「是偶然嗎？」

昌浩眨了眨眼睛。

「咦？」

紅蓮目光犀利，但語調極為平靜。

「布掉出來真的是偶然嗎？再說，那種東西怎麼會在屍手上？」

「因為……隨便丟更危險。」

血是肉體的一部分。落入術士之手，會成為詛咒的道具，絕不能隨意丟棄。

「那為什麼不是你收下來？」

「咦……這個嘛……」
昌浩猛眨眼睛。
「好像是……對了，那是在我不知情的狀況下，勾陣和咲光映他們之間的互動……應該是咲光映看到勾陣受傷了，於心不忍，給了她一塊布。勾陣接過來用，用完後就交給了屍……大概是這樣吧？」
這麼模稜兩可，是因為昌浩當時並不在場。他只是從咲光映和屍的對話，猜想可能發生了什麼事，並沒有深入追問他們。依狀況來看，的確如此。況且，他還有很多更重要的事必須思考，哪有空去管那麼瑣碎的事。
金色雙眸炯炯發亮。
「原來如此——不能怪任何人？開什麼玩笑嘛，竟然把吸了自己的血的布交給了屍，根本就是這傢伙的失誤。」
出人意料的話，讓昌浩瞪大了眼睛。
「什麼話嘛！」昌浩立即回嘴：「竟然說是勾陣的失誤……哪裡失誤了？我們不只要面對爺爺的事，還要面對件宣告紅蓮會死的預言，你根本不了解我們當時的處境！」
「我會死？」
「是啊，你的神氣突然消失了，件預言說……」

——火焰之花將消失於同袍之手。

「說到花，指的不就是你嗎？紅蓮！狀況跟當時一樣……我卻絲毫沒有察覺，後悔極了……！」

眼前的十二神將什麼話都沒說。

看著他沒有任何變化的表情，昌浩越想越生氣。

「因為不能把屍他們交給爺爺，所以想折返也不行。你知道我和勾陣是什麼心情嗎？唉，算了，真不該為你這種傢伙擔心……！」

紅蓮用眼神制止說不停的昌浩，淡淡地接著說：

「是這樣啊，那預言沒有靈驗啊。」

「什麼？」

「我只是被朱雀的刀貫穿，神氣一時消失了。」

灼熱的神氣的確消失了。

「件說我會死嗎？」

昌浩感覺大腦被重重一擊。

「沒……沒說……」

紅蓮嘆口氣，對茫然回應的昌浩說：

「我沒責怪勾的意思，只是指出她的失誤。」

會驚慌失措到連這種事都沒察覺，也是可以理解的。

若是平時的勾陣，說不定當場就會想到把吸了自己的血的布交給別人的危險性，甚或一開始就不會使用那塊布，或是拒絕屍的提議，做出其他選擇。

晴明性情大變，對他們發動攻擊這件事，使向來冷靜觀察大局的勾陣受到極大衝擊，喪失了那樣的習慣。精神上的浮動，迫使她做出平時不會做的行為。僅僅只是這樣。

然而，把自己逼入絕境是事實，這是勾陣本身的失誤。如果她現在是清醒的，可以冷靜思考，應該不會反駁紅蓮所言。

「昌浩，我再問你一次。」

「……咦……」

昌浩第一次覺得，看著自己的金色眼眸很可怕。

「屍掉了布，是偶然嗎？」

是偶然。當然是偶然。若不是偶然，就成了預謀。

屍沒有理由那麼做——

「……」

昌浩的眼眸震顫起來。

真的沒有嗎？屍真的沒有理由害勾陣的神氣被櫻樹吃掉嗎？

他一心希望沒有，心底深處卻有個聲音否定了他的想法。

男孩總是對原本應該在那座森林被獻給森林之主的女孩說：

——我會保護妳。

唯獨面對她，男孩才會有沉靜的眼眸、溫柔的話語、溫馨的舉動。

從森林之神搶走活祭品所付出的代價，就是整個村子滅亡了。

他們因此永遠受到懲罰。

承受不斷重複的責難、不斷重複的懲罰、不斷重複的死亡。

咲光映睡著就會忘記所有的事，而相反地屍會記得所有的事。他一再面對同樣的事，都做出了同樣的選擇。

只為了保護她。

「要我說的話，昌浩……」

紅蓮看著在自己懷裡動也不動的勾陣。她的肌膚毫無血色，還看不出復元的跡象。

昌浩呆呆佇立著。紅蓮以充滿威嚴的語氣放話說：

「你們跟那兩個孩子完全不一樣。你只是被眼前的處境迷惑，自以為很像而已。」

「這……」

昌浩的喉嚨緊縮，發不出聲音。

倒是心臟怦怦地狂跳起來。

躺在石室裡，咲光映身體蜷縮成一團，她緩緩張開了眼睛。

沒有人在。黑暗的石室裡只有她一個人。

乾燥的空氣又冰又涼，躺著不動，手腳就會發冷。原本就冰冷的肌膚越發冰冷，連她自己都覺得很像冰塊。

很久沒有一個人獨處了。

「……」

望著黑暗半晌的咲光映，大顆淚水奪眶而出，流到了太陽穴。

她扭曲著臉，把身體蜷縮得更小，抱住膝蓋，額頭都抵住了膝蓋。

被頭髮遮住的嘴巴，發出呻吟般的聲音。

「……屍……」

瘦弱的身體抖得很厲害。

「屍……為什麼……」

悲痛的聲音融入石室的空氣裡，沒有任何人聽見。

4

◊ ◊ ◊

在黑暗中行走的屍，眼前忽然出現一片櫻花森林。

他停下腳步，仔細環視周遭。

沒有那些獨眼妖怪的氣息。遠處不時傳來波浪般的吵吵聲響，但也沒有往這裡逼近的跡象。

森林大到看不見盡頭深不可測，櫻雲無限延伸，白花迷迷濛濛地摻合在黑暗中。

即便沒有光線照耀，盛開的花朵還是閃閃發亮。

是充滿清靜氣息的櫻花，還沒有被污染。

「這裡應該……」

屍要找出森林裡最大、最壯碩的巨樹，開拓出這個世界與昌浩那個世界相連接的道路。在這座森林，應該可以辦到。

他的眼睛亮了起來。

「咲光映，快了。」

快了。很快就可以去尸櫻追不到我們的地方了。我會帶著妳去到不會綻放尸櫻的花朵的地方。

沒時間了。要快點才行。

屍鑽進森林裡。

越往裡面走，櫻花開得越茂盛逼人，散落一地。屍的腳完全陷入堆積的花朵裡，這個意外的阻礙令他焦躁不已。

然而，這也是沒人來過這裡的最好證明。

「裡面一定有……」

有這裡的森林之主。

忽然，一直覆蓋頭頂的櫻雲中斷了。

上面出現漆黑的黑暗。

屍不由得駐足仰望，看到黑暗中的嬌小身影，「啐」地咂了咂舌。

風聲轟然大作。

十二神將太陰朝著屍直直降落。

身材嬌小的神將停在櫻花樹枝前端，左右不齊的頭髮隨風飄揚。

粗暴的風呼應她發出的神氣，捲起了漩渦。
「這次我絕不會讓你逃跑，屍。」
太陰撂下狠話，屍沒把她放在眼裡，笑了起來。
「唷，妳想怎麼樣？」
太陰環視周遭。
沒看見總是跟屍在一起的咲光映。昌浩、勾陣、紅蓮好像也不在。
「咲光映和昌浩呢？」
屍聳聳肩說：「起碼妳該知道，我不可能說出會危及咲光映的事吧？」
說到這裡，屍稍作停頓，陶然自得地瞇起了眼睛。
「算了，不知道也無所謂。」
屍動著嘴唇，但太陰聽不見他在說什麼。
風颼颼吹過，吹落所有盛開的櫻花，成千上萬的花瓣漫天飛揚亂舞。
整個視野被粉紅色花瓣淹沒的太陰，半帶著焦躁地吹散了那些花瓣。
她抖動肩膀喘著氣，低聲叫嚷：
「咲光映在哪?!」
晴明叫她把咲光映帶回去。

不管屍是生是死，只要把咲光映帶回尸櫻那裡。

全身纏繞著風的太陰，從右手生出龍捲風矛，驅散了花飛雪。

她高高舉起右手，搜尋在狂飛亂舞的花瓣中消失不見的屍。

「不管你躲在哪裡，都別想逃走！」

既然屍躲起來了，她就把整座森林綻放的花都吹走。把櫻花樹上的花、覆蓋地面的花，統統吹走。

使出渾身力量發射出來的龍捲風挖空了地面，使之爆裂。剛才屍所在的地方，茶色的塵土與枯黃色花朵縱橫交錯，樹木倒塌，景象慘不忍睹。

「跑哪裡去了！」

視野角落飄過小小的白影。是櫻花。

花朵才剛掉光的所有樹枝又開始結花蕾，發出噗嘰噗嘰的聲響，開出了花朵。

太陰看見那些花不再是白色，而是帶著些微的紫色。

「咦……」

從盛開的櫻花中，傳來歌唱般的聲音，非常微弱。

「已矣哉……」

她轉過頭，看到一棵巨大的櫻樹，花朵盛開的粗大樹枝上有個人影。

她定睛注視如花飛雪般亂舞的櫻花前方。

「在那裡……！」

不知何時，屍跑到了櫻花樹枝上——不對。

『已矣哉……』

太陰倒抽一口氣，背脊掠過寒意，被削短的不整齊的頭髮輕撫著左臉。

風聲颼颼，視野產生不自然的龜裂。

盛開的花朵逐漸被染成枯黃色，屍倚靠樹幹站在樹枝上，黑膠也變成與屍一模一樣的形狀波動搖蕩。

『已矣哉。已矣哉。已矣哉。已矣哉。』

數萬張的臉、臉、臉、臉、臉，瞬間吸光了樹木的生氣。每張臉的表情都跟屍一樣，開口說著話。

「已矣哉。」

如歌唱般唸唸有詞的是屍。嘴巴吧嗒吧嗒張合的小臉，睜大圓滾滾的眼睛，注視著太陰。

屍冷不防地舉起手，指向了太陰。

「已矣哉。」

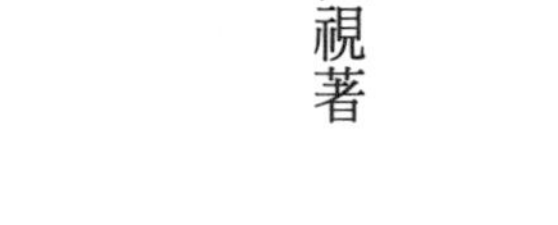

太陰飄浮在與櫻樹的樹枝差不多高的地方。她的周遭有無數的櫻樹，而無數的樹枝向外延伸，開出了數萬、數十萬的花朵。

從剛才被她挖空的地方溢出來的邪念沿著樹幹往上爬，佈滿樹枝，使花朵變成枯黃色凋落，朝太陰蔓延。

「嗄……！」

太陰想逃開從四方逼來的邪念而飛起來，頭頂卻被重甸甸的黑影籠罩住。

她抬頭一看，是爬到樹梢的膠像大傘般展開來，撲向了太陰。

下面也是膠發出噠噗聲響爬來爬去的膠海。

從頭頂撲來的邪念困住太陰全身，將她吞噬。

太陰掙扎的手在膠的波間漂浮，龍捲風從她手中升起來。

她對著自己擊落龍捲風，好不容易才爬出了邪念之海。

無數張臉企圖鑽進她的嘴巴都被她用力咳了出來。她試著站起來，卻又跪了下去。

她感覺血壓「唰」地往下降，視野搖晃，身體異常冰冷。

雙手著地，抖著肩膀喘息的太陰，想起了勾陣。

啊，勾陣就是這樣被吸光了神氣嗎？

心臟全速奔馳，在耳朵深處撲通撲通喧囂不已，每次呼吸都會增加痛楚。

不知道為什麼，老人的身影閃過太陰腦海。

那是絕不回頭、滿口冷言冷語的晴明。

欸，晴明，櫻花美是美，但我們別待在這裡了，回去吧？回去你誕生的人界吧。

「唔……」

這時候，屍翩然降落。

邪念發出噠噗聲，逼向了太陰與屍。

這樣下去，自己和屍都會被邪念吞噬。

太陰這麼想，但邪念不知道為什麼避開了屍，只朝向她前進。

她抬起頭，瞠目而視，屍冷冷地俯視著她。

「妳說妳要對　光映做什麼？妳什麼也做不到吧？因為妳會在這裡被森林吃了。」

『已矣哉。』

幾萬張臉跟著唱和，猶如歌唱般，眼睛洋溢著喜悅。

屍轉移視線，指著遠方說：

「那裡有棵森林之主的櫻樹，我要用那棵樹開出通往人界的道路，也就是我和咲光映離開這裡的道路。」

使用法術，將會縮短屍的生命。

「剛好，就拿妳的命來用吧。」

這麼一來，屍的命就不會縮短，咲光映也不會太過擔心。

他若不在，就不能保護咲光映。所以，為了要永遠跟咲光映在一起，他不能讓生命縮短。

「昌浩叫我再開出通往人界的道路時，我心想他在說什麼啊！原來他是幫我找好了可以避難的地方，真是太好了。」

而且，昌浩還說會在他使用法術時，盡力協助他，不讓他縮短生命。

「不過，我還是覺得他只從旁協助也太小氣了。萬一力量不夠就麻煩了，那畢竟是我和咲光映要通過的道路，即使很快就會關閉也要夠寬敞，可以讓咲光映安全通過。」

屍說話變得特別饒舌，太陰訝異地看著他。

「昌浩在幹嘛啊……」

男孩似乎沒有聽見太陰的話，緩緩環視森林。

「這裡還被保護著，沒被尸櫻入侵，不過是遲早的問題。或許要讓尸櫻再吃一次神將，爭取更多的時間……」

太陰的心臟狂跳起來。

再讓尸櫻吃一次？吃誰？

邪念如漣漪般流向屍看著的地方，成群結隊地爬上還活著的樹，掩蓋了每根樹枝，讓所有的花朵枯萎凋落。

沒過多少時間，盛開的櫻雲就這樣消失殆盡了。

太陰看到赤裸裸的枯樹後面，有棵樹高聳入天。

負面意念透過她著地的雙手擾攘地傳遍全身。非常冰冷、發麻、好像被小到看不見的荊棘扎刺著，這是從來沒有過的感覺。

在屍周圍波動的膠，看著他哼唱。

『已矣哉。』

屍沉醉地瞇起眼睛。

「已矣哉……嗯，是啊，沒辦法，為了保護咲光映。」

『已矣哉。』

「沒錯，已經完了，尸櫻就快滅亡了。」

『已矣哉。』

「想抓咲光映的人，全都送給你們。尸櫻、神將、森林，全都送給你們，愛吃多少就吃多少。尤其是那些讓咲光映害怕的人，更要把他們吃到連半點骨頭、一根頭髮都不剩，想到他們我就有氣。」

屍義憤填膺地吐出狠話，膠的波浪對著他大大搖曳。

已矣哉。已矣哉。已矣哉。已矣哉。已矣哉。已矣哉。

「不過，那棵樹還不能吃哦！我先把這傢伙送給你們。」

說到這裡，屍瞥了太陰一眼，邪念喧囂起來。

太陰聽到屍說的話，一陣愕然。

「你……你在說什麼……」

你叫邪念把尸櫻、神將、森林都吃了？

「怎麼可以這樣！」

太陰要爬起來時，腳被膠纏住，感覺有東西正從光著的腳丫子逐漸流失。

視野歪斜崩塌。她強撐著不讓自己倒下來，集中迅速萎縮的神氣。

「放開！」

她把纏住腳的邪念彈飛出去，裹著風往上飛。

腳又被屍一把抓住。

「不准逃走。」

語氣冷淡的屍粗暴地把太陰扯下來，太陰用力踹向他。

被踢中側面的屍，瞇起眼睛怒吼：「臭小子……！」

就在這個瞬間，強烈的神氣在遠處爆發了。

屍驚愕地轉頭看，太陰乘機逃走。

「那是……青龍……?!」

強烈的神氣毫無疑問是來自同袍，在晴明身旁的同袍。

出事了，否則青龍不會沒來由地放出神氣。

「總不會是……晴明……」

無法形容的恐懼在胸口擴散，太陰颳起了風，想趕回晴明身旁。

但是，她流失了太多神氣。

放出來的神氣「噗」一聲就沒了，她手足無措地跌落在邪念上。

「唔……」

在邪念纏繞全身前，她設法抖落它們，搖搖晃晃地爬起來往前跑。

男孩臉色發白，看都沒看她一眼。

「咲光映……」

他望著咲光映正在休息的石室的方向。

聽見微弱的聲響，他猛然轉移視線。

枯萎的森林的根正逐漸往外擴散。被邪念吞噬的生氣，還有一絲絲殘留在深入地底下的樹根上。

屍制止了要往那裡去的邪念。

「別去了，這裡到此為止。你們去那邊吃掉尸櫻。」

『已矣哉。』

「在那裡的生物，全都是你們的食物。把所有阻礙者都吃了，全都吃了。除了咲光映，你們愛吃多少就吃多少。」

『已矣哉。』

數萬張臉不斷重複地哼唱，屍煩躁地對著它們大叫：「沒錯，全都已經完了，我會終結這一切，就像你們說的那樣！」

呸鏘。

響起了水聲。

男孩的臉上沒了表情。

膠「唰」地退走，件在樹木前方緩緩現身。

黑色水面在妖怪腳下擴展。

呸鏘。

水滴從件的臉頰淌下來，掀起漣漪，蔓延到屍的腳下。

屍注視著件。

站在水面上的妖怪，盯住男孩開口說：『你——』

水滴淌下來，一滴接著一滴。

究竟是從哪來的水？

『逃不掉吧。』

件嗤嗤獰笑。

然後，身體慢慢傾斜。

逐漸沉入黑色水面的件，用凍結的眼神盯著屍。

那個眼神惹惱了屍，他揮起右拳，卻保持那個姿勢定住了。

從拳頭淌下來的水滴油亮亮的，帶著陰森的微溫。

在黑暗中，看起來比黑夜還要昏沉的水滴擦過鼻尖淌落。

散發出來的鐵臭味，讓人想起乾澀的口感。

他不由得屏住氣息抓住右手的左手，也被同樣的東西濡溼了。

從雙手淌下的水滴，落在水面上掀起好幾個漣漪，在那些漣漪中出現了無數身影。

那些滿臉怨恨看著屍的人，都是已經遭到滅村的村人。

數十對視線射穿了屍。

呸鏘。

漣漪在黑色水面上擴散，蜿蜒扭擺的邪念覆蓋了整個水面。

膠如水波般顫動，好幾張臉吧嗒吧嗒張合著嘴巴。

『你逃不掉吧。你逃不掉吧。你逃不掉吧。』

那些臉看著屍，嘴巴吧嗒吧哼唱著。

『你逃不掉吧。你逃不掉吧。你逃不掉吧。』

忽然，唱和聲靜止了。

包圍屍的邪念默默注視著屍。

屍用詭譎的空洞表情瞥它們一眼，霍然望向遠處，喃喃說道：

「我會逃給你們看……」

然後，男孩呆滯地笑了起來。

「這次我絕對會逃離你的魔掌，我會保護咲光映。」

屍的臉上消失了表情。

剛才的爆裂，是出自待在尸櫻森林的神將的神氣。

神氣不只一道，是兩道神氣突然高漲爆裂，展開激烈的衝撞。

聚精會神聆聽，就會知道還在持續中。

出了什麼事；出了自己沒有想到的事。

屍開始感到焦慮，後悔自己為什麼在這種時候離開咲光映身旁。

「咲光映……我得趕回去……！」

剛才跟屍對峙的神將已經被他拋到了腦後。

他目不邪視地直直往前跑，衝出了枯萎的森林。

邪念波動著，往森林深處流去。

一直躲藏在黑暗中的獨眼妖怪，從四面八方慢慢聚集過來。

無數的妖怪聞著地面上殘留的腥味，張大嘴巴發出了嘟囔聲。

『好像很好吃……』

沒多久，妖怪們就追著肉的腥臭味跑了起來。

太陰連走都走不穩，更別說是飛了。她手扶著樹幹，奮力地移動腳步。

「哪……哪邊呢……」

森林每處看起來都一樣，不知道該往哪裡走。

那時候也是這樣。

太陰咬住了嘴唇。

前往吉野時，走在森林路上的一行人，發現了奇怪的事。

景色都沒變。不管往哪裡走，好像都會回到相同的地方，大有問題。

就在晴明察覺不對勁而咂舌時，無數的妖怪撞倒樹木衝了出來。

長得像豬的大塊頭，有隻大眼睛、白色的牙齒、嘴巴咧到脖子。相當於鼻尖的位置，還有一張人類的嘴唇，開心地哼唱著。

『好像很好吃。』

那是晴明和神將們都沒見過的妖怪。

不只沒見過，也從來沒遭遇過那妖怪所散發出來的奇異氛圍。

不曉得從哪來的妖怪一隻隻跑出來，不覺中包圍了他們，圍成圈圈，在太陰他們周圍走來走去。

青龍和朱雀看出妖怪要攻擊晴明，立即現身擋在前面。太陰和白虎則把後面的妖怪吹走，由天一和玄武保護晴明。

青龍叫天一佈設結界時，幾隻妖怪從旁邊衝過來，拆散了晴明和天一。

妖怪也成群結隊撲向了跌倒的玄武、把手伸向老人的白虎以及太陰。

太陰的眼角餘光看見晴明結起了手印。

白虎原本說要揹晴明，但晴明說不要把他當老人，徒步走到了這裡。

還說自己這麼有精神，根本不需要靜養，所以到了吉野山莊後，他就會立刻提議回家。太陰忽然想起，晴明一路上都嘆著氣說這些話。

就是在晴明要唸咒文驅逐妖怪的時候。

瞬間迸出一股靈力，難以形容的奇特感同時襲向了他們所有人。

視野歪斜。耳鳴。妖怪消失不見了。

回過神來時，他們都在黑暗中綻放的櫻花樹底下。

櫻花樹開著成千上萬的紫色花朵。

從花色可以證實，那裡不是吉野的櫻花森林。

污穢的花朵開了又謝，謝了又開。在這樣的森林裡，他們看到了一棵特別高大的樹。

是沾染了魔性的巨大櫻花樹。

晴明茫然地低喃，說是招來死屍的櫻樹。

「晴明……！」

太陰到現在都很後悔。

為什麼當時自己不在晴明身旁？

在晴明身邊的是玄武、白虎、天一，青龍和朱雀在環繞尸櫻的樹木間巡邏，察看有沒有妖怪。

開著紫色花朵的巨樹，粗大樹幹背後有東西在動，太陰不知道是誰最先看見的。

她和青龍、朱雀一起防備妖怪，也在離晴明稍遠的地方巡邏，所以沒看到白虎和玄武表情緊張地走向巨樹。

就是在那瞬間，森林開始騷然不安地顫動起來。

颳起更強勁的紫色花飛雪，風聲瑟瑟，大地顫動。侵肌透骨的逼人寒氣鼓脹起來，包住了在場所有人。

回頭探看怎麼一回事的太陰皺起了眉頭。

她好像看到兩個小小的身影從巨樹後面跑走。狂亂飛舞的櫻花很快掩蓋了他們的身影，所以太陰沒有看清楚。

正懷疑是不是自己眼花，就聽見同樣是風將的刺耳叫聲。

——你們快走開！

太陰轉頭看，倒抽了一口氣。

高聳巨樹的樹幹亮起了白色的光芒，剎那間爆裂，射中了太陰的眼睛。

視野燃燒起來，什麼也看不見。從背後動靜可以知道，青龍和朱雀倒抽了一口氣。

他們也一樣，視野完全被遮蔽了。

太陰用手遮擋光線，勉強撐開眼皮，用視線不清的眼睛尋找主人。

——怎麼回事?!

是晴明的聲音。太陰趕緊往那邊跑去。

叫喚聲被風聲掩蓋。太陰伸出去的手抓了個空，錯過了主人。

她想再叫一次，卻被玄武慘叫似的聲音打斷了。

——不行，晴明……！

語尾特別小聲，聽起來像是逐漸遠去，並不是太陰的錯覺。

不成聲的慘叫是來自天一；不成句的呼喊應該是來自白虎。

太陰努力側耳細聽，確實聽見了同袍們的聲音。

但晴明的聲音呢？不知道為什麼，她唯獨聽不見晴明的聲音。

視野好不容易恢復正常，卻又被狂飛亂舞的紫色花朵覆蓋。

生氣又焦躁的她，爆出神氣，把花全吹散了。

她看見把手伸向尸櫻呆呆佇立的朱雀，還有急忙趕向尸櫻的青龍的背影。

老人倒在巨樹的樹根。

太陰張大了眼睛。

花朵飄落；紫色的花朵鮮豔地飄落；美得讓人神魂顛倒。

她大叫了一聲晴明，但沒聽見自己的聲音，記憶到此為止。

景色歪斜、空間崩塌，太陰的思考被某種力量壓垮了。

回神時，太陰呆呆杵立，仰望著招來死屍的櫻樹。

記憶究竟中斷了多久？太陰不知道。可能是短短的一剎那，也可能是更長的時間。

櫻花依然是開了又謝，謝了又開，彷彿重複著沒有結束的時間。

太陰慌忙環顧四周，看到青龍和朱雀站在快碰到晴明的地方。

她慢慢地靠近他們。

老人左手扶著尸櫻的樹幹，正試圖站起來。

啊，太好了，是晴明。

太陰想衝過去，腳卻動不了。

妖怪站在尸櫻與晴明旁邊。晴明用左手撫摸著妖怪的頭，緩緩轉頭望向神將們。

站在那裡的是安倍晴明，但並不是被他們視為主人的安倍晴明。
神將們看到老人放射出來的力量就知道了。
那是個徹底沾染了魔性的男人，宛如尸櫻。
「我……必須……趕回去……」
太陰吁吁喘息，按住了胸口。好難過，力量不斷流失。
這座櫻花森林會剝奪生物的生氣，就跟尸櫻森林一樣。
他們幾個神將的記憶都中斷了，但不知道中斷了多久。
時間應該不長，因為堆積在身上的花瓣並不多。不過，也可能是他們自己這麼認為。沒辦法確定。誰也不知道真相。
沾染魔性的晴明對神將們毫無興趣，仰望著尸櫻，微微點著頭，像是默默在回應什麼，視線飄來飄去，露出深思的表情。
儘管如此，站在那裡的人依然是安倍晴明，神將們都沒離開。
沒多久，老人虛脫地垂下右手，用左手指向森林深處。
——前面有兩個小孩。
男孩與女孩。兩個孩子一直在欺騙這棵尸櫻。
女孩叫咲光映，是這棵尸櫻的活祭品。這棵尸櫻想要祭品。若不獻上活祭品，這棵

尸櫻就會徹底沾染魔性而枯萎。

男孩叫屍，犯了罪，背負著刑罰，是不斷重複著死亡，永不被饒恕之人。

屍要帶著咲光映逃走，快去追他們。

快把咲光映帶來，這棵尸櫻剩下的時間不多了。

老人喃喃說著。

我用力量讓時間倒回了一些，但不能再拖了。快去追——

「唔……」

腳打結絆倒的太陰，肩膀起伏喘息，握緊了拳頭。

晴明叫他們去追人；命令他們去抓人。

必要的話，傷了屍也沒關係，無論如何都要把咲光映帶去給尸櫻。

——你要我觸犯天條嗎？晴明，我不能服從那種命令！

首先對性情大變的晴明發出抗議的是青龍，朱雀和太陰也是抱持著同樣的心情。

即便是晴明的命令，要他們不明不白地追捕那兩個孩子，他們也不能同意。

況且，他說咲光映是尸櫻的活祭品。那麼，被帶回來的女孩必死無疑，他們怎麼可以聽命行事。

太陰逼問原因，老人帶著冰冷的眼神，無情地說：

——那麼，我就找替代品來，也許可以再撐一下。

老人的眉毛連動都沒動一下，他用左手結印，在嘴裡唸誦咒文。

件站在老人身旁，黑色水滴淌落在件腳下。

呸鏘。

黑色鏡子般的水面，從件腳下往後擴展。原本繁茂地延伸到遠處的樹木，在黑暗中驟然消失了。

件的身影倒映在黑色鏡面上。鏡子背後，又對稱地映照出妖怪。

神將們湧現不祥的預感，站在水邊，看著如鏡子般的水面映照出來的光景。

件站在水面上，四周是熟悉的景色。

最先察覺的是朱雀。

那不是晴明的孫子昌親家的庭院嗎？

青龍與太陰都倒抽了一口氣，因為朱雀說得沒錯。

小女孩的身影剎那間映照在鏡子邊緣。

那是昌親的女兒。

身體莫名地顫抖起來，太陰忍不住開口了。

——晴明，你在做什麼……

老人把手放在件的頭上。

——讓她成為尸櫻的活祭品啊，她身上流著這個晴明的血，應該比一般人更能達到活祭品的效果吧？

老人又對啞口無言的神將們放話說：

——若不想讓她成為活祭品，就把咲光映帶來。再怎麼說，她都只是暫時的替代品。必須是咲光映才有意義，快去把她帶來這裡。

老人接著說：

——在你們拖拖拉拉的這段時間，你們被這棵尸櫻吞噬的同袍，其生命也在持續消失中。

半晌後，老人又落井下石。

——不用我多說，這個晴明也一樣。

神將們已經無力反抗了。

尸櫻要取得活祭品。需要活祭品，且非取得不可。

太陰跌倒了好幾次，膝蓋著地，她都拚著命爬起來，搖搖晃晃地走向尸櫻森林。

她屏住了氣息。
沒時間了。玄武、白虎、天一都快死了。
被尸櫻吞噬的同袍們都還活著，沒有消失。因為太陰、青龍、朱雀都還沒感受到同袍死亡的衝擊。
他們還活著，只是被尸櫻吞噬了。趁現在，把尸櫻要的活祭品帶回去，就能解救同袍們。
最重要的是可以拯救晴明，救那個性情丕變的晴明。
把咲光映帶去，說不定不用拿她當活祭品，就能收拾殘局。
晴明沒有被尸櫻操控。那個人是晴明。神將們再清楚不過了，那就是晴明。
假如，那是晴明之外的人的意志，神將們一定會知道。很難說得清楚，總之是超越心靈的理解。
所以，那個人是晴明；所以，青龍沒離開他。青龍早已下定決心，無論在任何狀態下都要保護晴明。
青龍與朱雀的神氣爆發，現在也在相互衝撞中。
「他們……在做什麼……」
怎麼會變成這樣呢？

不知道。

為什麼尸櫻想取得活祭品？為什麼件會宣告預言？

不知道。不知道。

眼睛矇朧。身體隨著每次呼吸越來越沉重。神氣被剝奪，連走路都走不穩。只要手扶著樹幹，體溫就會從接觸到樹皮的肌膚大量流失。

身體好重。全身無力。不能思考任何事了。

不知道。不知道。不知道。

她只知道一件事。

「晴……明……」

晴明、晴明。

不管發生什麼事，只要你平安無事，我就心滿意足了。

◇ ◇ ◇

5

在紫色櫻花飄舞中，十二神將朱雀彷彿被什麼迷惑般向前踏出了一步。

他手中握著弒殺神將的火焰之刃。

光揮舞這把刀的銳利刀身，不用注入神氣，所有生物就已不堪一擊。

從紫色花墊下傳來歌唱般的聲音。

『已矣哉。已矣哉。已矣哉。』

完了。已經完了。無可救藥了。

是的，除此之外別無他法了。

櫻樹綻放著污穢的花朵。要阻止被魔性魅惑的老人，只能用老人當祭品。

除此之外，別無他法；除此之外，沒有其他辦法可以拯救心愛的人。

朱雀屏住了氣息。

天乙貴人在消失之前，嘴巴動了動，似乎以微弱的聲音說著什麼。

——是……屍……

朱雀原本不知道她在說什麼，也不想知道。

直到天一被尸櫻吞噬，又聽見搶走活祭品逃跑的男孩的名字叫屍，他才恍然大悟。

屍這個名字比晴明性情大變更使他震驚。

原來被召喚的天乙貴人說的屍，不是死屍，而是召喚自己的人的名字。

貴人臨死之前，使出最後的力氣，想把這件事傳達給朱雀。

「貴人，對不起……」

我竟然花了這麼長的時間才察覺。而且，還讓第二代的天一也遭遇到同樣的災難。

我一定會救妳。我會親自保護妳。等我。

「天貴……」

紫色花瓣碰觸到緩緩舉起的刀身，被砍成了兩半散落。

啊，好美。朱雀神智不清似地喃喃自語，瞇起眼睛。

啊，真想讓妳看看這麼美的花。

吹起了風，花朵同時凋落。

在暗夜中閃爍的火焰之刃響起風切聲。

老人依然背對著朱雀，按在樹幹上的左手動了一下。

扎刺般的神氣擦過晴明的左臉。

就在刀身快到達之前，雷擊般的神氣降落，捲起漩渦炸開了。

「唔——！」

朱雀被彈飛出去，摔了個倒栽蔥。噴著火花的強烈神氣漩渦，從他背後撲來。

他在千鈞一髮之際避開，彈跳起來，拉開了距離。

拿著大鐮刀的十二神將青龍，用變成紅紫色的雙眸狠狠瞪著朱雀。

右手握著武器的朱雀苦笑起來。

「原來你在啊？青龍。」

語氣吊兒郎當的朱雀說得坦然。青龍目光猙獰地大叫：「朱雀……你想做什麼？」

握著跟身高差不多長的大鐮刀的手，握力強大到難以形容。被憤怒染成褐紫色的眼睛，閃爍著異樣光芒。

朱雀卻毫不在乎地拱起肩膀說：「想做什麼？這個嘛……」

他的淡金色眼眸炯炯發亮，雙手握著刀，身體重心往下，擺出備戰姿態。

「我想救被尸櫻吞噬的同袍啊！」

「我是問你剛才在做什麼？」

朱雀淡淡一笑。

「幹嘛問呢？這種事你不問也知道吧？」

所以才會給我毫不留情的一擊吧？朱雀的眼神這麼說。

站在尸櫻與朱雀之間的青龍，咬牙切齒地說：

「朱雀……你被櫻樹困住了嗎？」

「被抓走的是晴明和同袍，不是我。」

「如果聽不懂困住的意思，那麼我改說被魅惑發狂，你就會察覺自己的行為脫序了嗎？混帳！」

神氣從青龍全身迸發。十二神將青龍是木將。被樹木團團包圍，儘管樹木都被沾污了，還是對青龍有利。

青龍的神氣越來越強烈。環視周遭，會發現花開、花謝的速度也越來越快，因為吸食了神氣。

朱雀在喉嚨深處竊笑。

「你太浪費神氣了，青龍。」

神氣並非是取之不盡。現在無論青龍怎麼威嚇他，他也沒有心情害怕。有那種心情，就不會採取這樣的行動。

十二神將中，神氣最強的前四名，是特別擅長戰鬥的鬥將。朱雀的通天力量僅次於四名鬥將，但與第三高手青龍的差距還是十分懸殊，即便全力迎戰也沒有勝算。

「你的確比我強，但是……」

把森林燒了，木氣就會減弱，火氣就會增強，神氣多少也會受到影響。尸櫻森林被污染了，遍布污穢的花朵、充塞污穢的邪念。用火淨化，讓那些都化為烏有，說不定可以救回同袍們、救回天一。

「讓開，朱雀。」

青龍手中的大鐮刀尖端，映出如蒸騰的熱氣般裊裊上升的神氣。

火將朱雀半瞇起眼睛。神氣與搖曳的刀紋互相輝映，差點把他魅惑了。

朱雀全身都迸發出火焰神氣，強度雖不及最強的火將騰蛇，還是讓青龍瞬間退縮。

好幾重的聲音如歌唱般，從四方、腳下、樹上傳來。

『已矣哉。』

兩名對峙的神將彷彿以此為開戰信號，同時蹬地躍起。

『已矣哉。』

武器的激烈交戰與神氣的劇烈碰撞，周圍樹木因受到暴風般的衝擊全都被掃平。

『已矣哉。』

不停飄落的花朵之中摻雜著因爆炸而揚起的沙塵，碎片四散漫天飛舞。膠的邪念在縫隙間穿梭，一邊起舞一邊哼唱。

『已矣哉。』

刀與鐮刀交錯，彼此的刀傷都越來越多。每接一刀，傷口就更深、更嚴重，飛散的皮膚碎片與濺開的鮮血都落在波動起伏的邪念上。

無數張臉張大了嘴巴，吸光所有淌下來的血，更增強了污穢的意念。

倒下來的樹木漸漸被邪念覆蓋，生氣被吸得精光，變得又乾又扁。乾枯的樹木受到劇烈碰撞的衝擊，出現裂痕，轉眼發出聲響碎裂了。

站在屍櫻旁邊的老人右手無力地下垂，看也不看神將們一眼，逕自哼唱著什麼。

老人的聲音像是在說什麼故事。

經由神氣的動靜，老人知道神將們展開了多麼激烈的交戰。

他們爆發出來的神氣大概也會被屍櫻吞噬以清除污穢。

在咲光映到達之前，必須撐住屍櫻。

躲在花墊下的邪念悄悄聚集，吸食櫻樹的生氣、神將的神氣，還有老人的妖氣，不斷壯大。

這棵樹一枯萎，聚集在這裡的死者的遺恨就會更加污穢，不僅會招致死亡，還會製造死亡。

所有世界都相連在一起。這個世界若失去了和諧，便會殃及所有世界。

不論付出多大的犧牲，都不能攪亂和諧。必要的話，可以為此捨棄被屍櫻吞噬的所

有人。

有時，情感是雙面刃。

老人沒有一絲絲會攪亂心緒的情感。

該守護什麼？該選擇什麼？凡是會誤導選擇的情感，都沒有意義。

這棵巨樹懂得這個道理，所以最先吞下的就是那樣的情感。尸櫻的思緒流入了空缺的地方，所以老人知道了所有一切。

安倍晴明既不是被招來死屍的櫻樹控制，也不是被附身。

他只是知道該做什麼，照那樣行動而已。

必須讓尸櫻活下來。

他要的就只是這樣。

經過好幾次的衝撞，一邊的神氣陡然消失了。

只聽見刀刃貫穿肉體，鮮血噴出來，滴滴答答淌落的微弱聲響。

但也很快就靜止了。

取而代之的，是邪念騷動起來的波動，逐漸蔓延到森林的每個角落。

顏色越來越深的紫色花朵依然不斷凋謝。

「晴明——」

他的手下在叫喚他。
但他還是沒有回頭。

◇　◇　◇

步履蹣跚的猿鬼走沒多久便停下來，仰頭望著天空。
太陽已經下山，黑暗籠罩世界。
這個夜晚雲朵滿天，星星和月亮都被遮蔽了。
小妖們等不及夜晚來臨，在太陽剛下山時就同時向四方散去。今天早上也是在京城裡徘徊到黎明，等天完全亮了才匆匆趕回巢穴。
他們的巢穴目前是在竹三条宮，位於主屋的粗橫梁上。如果沒什麼事，它們就睡到傍晚。公主看起來很無聊的話，它們就下來陪她玩。
「不知道獨角鬼找到了沒？」
那個包著油紙的捲軸哪裡去了呢？
平常，除了猿鬼等三隻小妖外，沒有其他小妖會進入府內。因為脩子回到京城時，它們就在京城四處散布消息，說那裡是它們的地盤。而且，那裡還有神將和風音在。

做了什麼不該做的事，就會被轟出去。可能被祓除，也可能被殲滅或砍死。所以其他小妖都不想去那麼可怕的地方，不會侵犯它們的地盤。

然而，前幾天三隻小妖去清水參拜，不在家時，似乎有小妖一時興起闖進了府內。

這是傍晚出去沒多久又匆匆趕回來的獨角鬼所打聽到的消息。

它說是麻雀告訴它的。

據麻雀說，應該就是那隻闖入府內的小妖把茶色包裹拿走了。但麻雀不知道是哪個小妖。

猿鬼們到處尋找那個拿走茶色包裹的小妖。

脩子幾乎都待在床帳裡不出來，也不怎麼吃東西，動也不動。

藤花今天早上照常梳妝打扮，走出了房間，向同樣是侍女的菖蒲、雲居說，對不起，麻煩她們了。雖然臉色還是很蒼白，但似乎可以正常工作了。不過，她的表情一直很緊繃，失去了笑容。

命婦還在睡，一次也沒醒來過。因為發燒的緣故，不時會嚴重夢囈。

想到出來前府內發生的事，猿鬼的臉色就往下一沉。

「讓藤花飽受折磨的傢伙，最好再痛苦一點。」

可這件事是因它們而起。

它們沒想到會這樣。完全沒想到。但還是因為它們，釀成了大事。

只要找到捲軸，一定就能解決事情。公主會振作起來，藤花也會恢復笑容。

「……」

猿鬼眼角莫名發熱，他趕緊使勁擦臉。

「呃，先找西邊……」

它打算出京城，到不遠處的山那邊看看。

「但有點遠呢，這時候如果車在……」

就在它喃喃自語時，響起了嘎啦嘎啦車輪聲，宛如在回應它。

妖車出現在黑暗中。猿鬼看車之輔好像急著趕路，但還是叫住了它。

「喂，車！」

『啊，猿鬼大人。』

緊急煞車的車之輔差點向前撲倒，車轅上下晃動。

「可以載我去西邊的山那裡嗎？」

被轅鬼拜託的車之輔，面露難色。

『不瞞您說，在下是接到風音大人的指示，必須趕去某個地方。』

「道反的公主嗎？發生什麼事了？」

『在下也不清楚詳細情形。她只說，為了主人和晴明大人，無論如何都要借助在下的力量。』

車之輔堅定地豎起眉毛。

『為了主人，在下車之輔上刀山下油鍋都願意。只要主人一聲呼喚，在下連夢殿都會火速趕去，成為主人的腳、成為主人的盾牌，保護主人！』

「你不知道要去做什麼，而且召喚你的人還是風音，而不是昌浩？」

『這是心意！』

猿鬼「嗯嗯」地點著頭，苦笑起來。

「好吧，你小心走。」

牛車的車轅上下晃動。

『等在下回來再幫你。』

「哦，謝謝。」

車輪聲大響，牛車逐漸遠去。

既然道反的公主已經為昌浩和晴明採取了行動，那他們兩人應該很快就會回來了。

「那傢伙很可怕，但擁有強大的力量。」

能不能借用她的力量占卜失物呢？

她不行的話，等昌浩他們回來，再拜託他們也行。
肯定會被罵得很慘，但說是為了藤花，他們應該會幫忙吧？
或許想得太美了，但它現在的心情就像溺水，想隨便抓住浮木。
這時候，獨角鬼和龍鬼走過來了。
「情況怎麼樣？」
猿鬼不抱希望地問，兩個同伴無言地搖著頭。
龍鬼沮喪地說：「帶著捲軸的傢伙，可能躲在某處吧。」
找了這麼久都找不到，只有這種可能性了。
「說不定已經不在京城了，這樣就無從找起了。」
獨角鬼快哭出來了。
龍鬼和猿鬼也快跟著哭了。
猿鬼垂頭喪氣地說：「這種時候……如果有個陰陽師……」
無力地點著頭的龍鬼，察覺有人快步向它們走過來。
三隻小妖趕快躲起來。
從沒有任何亮光的路走過來的人是張熟面孔。
「啊！」

獨角鬼眨了眨眼睛，龍鬼開口說：「是陰陽師——」

把布包小心地夾抱在腋下的藤原敏次，覺得有人叫他，停下了腳步。

「嗯……？」

他環視周遭，不見半個人影。

「幻聽嗎？」敏次疑惑地低聲嘟囔，他看到一團黑漆漆的東西掉下來。

他沒有與生俱來的靈視能力，是靠修行取得了「看得見」的能力，但不是看得很清楚，只能看到輪廓，還有朦朧、漆黑的東西。

總之，就是知道有東西在那裡。

「喂，陰陽師！」

是妖氣。雖然不強，但他知道輕敵會有危險。很多人因為小看它們，被整得很慘。

敏次清楚聽見了聲音，擺出備戰姿態，瞪著那團漆黑。他不能應聲，因為隨著對方起舞，就會攪亂知覺。

那團漆黑對提高警覺的敏次說出了令人意外的話。

「我們丟了東西，請幫我們占卜東西在哪裡。」

出乎意料的敏次，一不小心就應聲了。

「啊？」他暗叫糟糕，但已經來不及。

那團漆黑向他逼近。

「是失物、失物。我們找不到很重要的東西。你是陰陽師，可以靠占卜知道東西在哪裡吧？」

說完後，那團漆黑又趕緊補充說：

「啊，放心，只要你幫我們占卜，我們就不會對你不利。」

敏次的眉頭皺得更緊了。

明明是拜託人，態度卻那麼囂張，有點把他惹火了。

忽然，喉嚨響起被什麼東西卡住的聲音，敏次咳了幾聲。

還沒痊癒呢，他煩躁地這麼想，又不停地咳起來，那團漆黑驚慌地說：

「怎麼了，你身體不舒服嗎？不能占卜的話也沒辦法，回去吧。」

敏次眨了眨眼睛。剛才那麼囂張，現在又這麼貼心。真是奇怪的妖怪。

他歪著頭，瞇起了眼睛。

「我幫你們占卜，你們就不會危害京城裡的人嗎？」

「你也太誇張了，我們才不會做那種事呢。呃，來簽訂所謂的契約吧！」

「不用，契約就不必了。」

隨便跟來歷不明的妖怪簽契約，不知道以後會發生什麼事。是可以讓它們替自己辦事，但收服這種幾乎看不見的小妖，大概也沒多大的幫助。

「等一下。」

敏次環視周遭，走向種在路旁的柳樹，摘下一片葉子。

他把葉子放在嘴邊，在嘴裡唸完咒文，「呼」地吹了一口氣。

輕輕飛起來的柳葉，翩然起舞迴旋，輕盈地飄落。

敏次指著柳葉前端所指的方向，集中精神說：

「去前面沒有人的建築物裡面找……」

那團漆黑彈跳起來。

「那邊嗎？謝啦，陰陽師！」

這時，又有兩個黑影從圍牆後面跳下來，追上前面那個妖怪。

目送它們離去的敏次，吁地喘了一口氣。

「總算沒事了……」

即便是小妖怪，也是妖怪，到最後都不能掉以輕心。

「不過，它們到底在找什麼呢……」

敏次有點好奇，定睛凝視。有無數張黑壓壓鑽動的小臉，悄悄靠近他腳下。

吥鏘。

響起水聲。

敏次發出「咻」的聲音，又咳了起來。咳得太劇烈，沒聽見水聲。

胸口發疼，好難過。

每咳一下，黑影就悄悄爬上敏次的背部。

咳得最劇烈時，他覺得右邊頸肩處下方傳來一陣尖銳的疼痛，約是在鎖骨正後方。

「唔……！」

敏次不由得單腳跪下來，用左手按住那個位置。他的臉歪斜扭曲，一邊呻吟，一邊強撐著站起身來。

「是咳嗽……咳得傷到了筋了嗎……」

他閉上右眼，試著緩解筋骨，咳嗽就停止了。

摸著疼痛處的手掌心奇妙地發麻。好像摸到什麼邪惡東西，有種紛擾不安的感覺。

「祓除淨化、祓除淨化、祓除淨化。」

敏次唸三次咒文，用注入氣的手拂過那個地方。

沒多久，奇怪的感覺消失了。
「唉，是不是今天晚上運氣不好呢……」
他忽然覺得背後有股視線。
原本想假裝若無其事地回頭，但臨時打消了念頭。
「快回家吧……」
他這麼告訴自己，跨出了步伐。
還是感覺得到那股視線。
但敏次沒有回頭。

呸鏘。

遠處響起水聲。
不知道為什麼，他很好奇水聲是從哪來的。
右邊脖子下方出現扎刺般的疼痛。
沒來由地，他覺得毛骨悚然。
但依然直直看著前方，絕不回頭。

6

除了石室外，在什麼也看不見的黑暗中，昌浩和紅蓮把五種感官發揮到極致。

兩道神氣在遙遠的地方彼此碰撞。

昌浩嚇得臉色發白，喃喃說道：「這是……」

兩道神氣他都認得。是十二神將青龍，與同樣是十二神將的朱雀的神氣。

為什麼他們會發生衝突呢？

「難道是……尸櫻……」

櫻花會使生物瘋狂。

待在尸櫻森林裡的神將們，會不會也被那些污穢的紫色櫻花攪亂了身體的某個部位的什麼呢？

忽然聽見咂舌的聲響。

「走。」

紅蓮從他旁邊走過去，催他快走。

昌浩倒抽了一口氣。紅蓮是朝神氣爆發的方向走去。那裡是尸櫻森林。

「紅蓮？」

「青龍和朱雀打起來了，大有問題。感覺得出來，這兩道神氣彼此都毫不留情。」

兩邊都是為了打倒對方不顧一切，使出渾身力量。不，不只是想打倒對方那麼簡單。是彼此都抱著強烈殺機的廝殺。

「這樣下去會演變成同袍相殘。我跟他們再怎麼敵對，也不能坐視不管，不然會睡不好覺。」

紅蓮看起來真的很煩惱，眉頭深鎖。他自己也被同袍朱雀毫不留情地砍了一刀，在生死邊緣掙扎，卻說得好像不關自己的事。

「我要雙倍奉還給朱雀，所以他必須活到那時候，否則我絕不甘心。」

至於青龍的死活，他就不管了。再怎麼說，他都是四名鬥將之一，不可能輸給實力相去懸殊的朱雀，即使受了傷，也可以活捉朱雀。

平時是這樣。

但現在是非常時期。某種原因促使兩人發生衝突，展開了死鬥。

到這種地步就無法挽回了。除非一方死亡，否則雙方都不會退讓。

紅蓮瞥了勾陣一眼。傳來這麼強烈的神氣，她卻毫無反應。

不能靠勾陣。可以介入青龍與朱雀的激烈廝殺中，阻止他們兩人的只有自己了。

其實還有另一個人，但他應該什麼也不會做。
那就是現在的安倍晴明。
「昌浩，你在做什麼？」
紅蓮很著急，昌浩卻有點猶豫。他的視線飄忽，回頭看向石室。
「可是，咲光映……」
青龍和朱雀在找咲光映。他們去那裡的話，青龍和朱雀就可以循著他們的足跡找到咲光映和屍。
「對了，先把他們兩人送到人界吧？」
昌浩積極地說：「可以帶他們去道反聖域。櫻花森林跟聖域很像，咲光映他們應該也能安心待在那裡，這樣就不用替他們擔心了。」
紅蓮深深嘆口氣，瞪著昌浩。
「昌浩，你沒有義務做到那樣。」
「可是……」
「那兩個孩子和晴明，哪邊重要？」
紅蓮的語氣並不是非常嚴厲，昌浩卻像被打了一拳，啞然無言。
「……」

金色眼睛閃爍著厲光。

「我不信任屍，他似乎有什麼企圖。」

與昌浩重逢時，紅蓮感受到屍刺人的視線、威脅的眼神。男孩的雙眼帶著陰森的昏暗光芒。

「你說要帶他們去道反聖域？你說櫻花森林很像聖域？只因為這樣的理由，你就要帶來歷不明的孩子去那個聖域？你以為他們進得去嗎？稍微想想嘛。」

紅蓮說了這麼一長串，昌浩還是不退縮。

「可是……那麼……去愛宕……或去海津見宮……」

忽然，昌浩眨了眨眼睛。

他作了夢。夢見道反女巫說了什麼。

——不……可……以……那……

莫非女巫是說不可以帶那兩個孩子去？

她是看透了未來，在夢中告訴自己嗎？果真如紅蓮所說，那兩個孩子不能進入聖域，所以……

心臟撲通撲通狂跳。

「……」

這時，他們眼前亮起小小的灰白光點。頃刻間，光點迅速擴展，變成了花朵紛紛飄舞的廣大櫻花森林。

看到這樣的突發現象，昌浩和紅蓮都目瞪口呆。

眼前一整片美麗的櫻花樹。風一吹起，花便飛舞飄落，粉紅色的花瓣翩然起舞，隨風散去。

落花堆積而成的花墊，層層相疊，完全掩蓋了地面。風一吹過，花瓣就像波浪般掀起波紋，形狀時時刻刻都在改變。

是櫻花。

不停地綻放。讓人想永遠看下去，真的好美、好美。

引人入勝的花會魅惑人。

「……！」

昌浩呆呆看著盛開的花，全世界的聲音都不見了。

有好幾幕情景、好幾句話，在空蕩的內心浮現又消失。

櫻花森林裡存在著所有一切。

裡面鎖著一切的悲哀，重複著沒有結束的日子。

知曉所有一切的櫻樹，看著這一切，綻放後又什麼也不留地飄落。

即便全部都消失了，櫻花依然獨自綻放。
全部都不見了；一切都死絕了。
只剩誓言保護女孩的男孩，和選擇與男孩一起逃亡的女孩。
還有那紫色的櫻花。
心臟又怦然狂跳起來。
全都死絕了；所有人都死絕了。
無數具的屍骸，被埋在堆積的花瓣下。
是誰埋的？
誰還會再被埋進去？
無數的屍骸。最後的屍骸。可能還會再被埋進去的新屍骸。
那會不會是——
被招來死屍的櫻樹所魅惑的老人呢？

「昌浩！」
狠狠拋過來的怒吼像是重重打在昌浩臉上。
猛然驚醒的昌浩，臉上頓時失去了血色。

「為什麼……」昌浩按著額頭，茫然低喃：「我都沒……想到爺爺……」

不，腦海中偶爾會閃過祖父的身影，只是他認為協助咲光映和屍、協助他們逃亡，是比祖父更重要的事。

因為他們很像他和她。他們選擇了他沒有選擇的路，所以昌浩無論如何都想協助他們逃亡。

祖父為什麼要追捕他們？神將們為什麼要服從性情大變的主人？這些理由他都不知道，卻沒想過要搞清楚，一心只想著要保護屍他們。

連勾陣昏迷，他都認為是沒辦法的事，因為要保護他們兩人。要不然，咲光映會被櫻樹吞噬。所以沒辦法。為了保護咲光映，那也是沒辦法的事。

——為什麼會認為是沒辦法的事呢？

勾陣的神氣幾乎被吸光，差點就死了啊！要不是紅蓮趕來，恐怕連生命最後的碎屑都會被邪念啃光。

這樣的疑惑浮上心頭，昌浩全身冒出了冷汗。

沒辦法。什麼沒辦法？為什麼非保護咲光映不可？

櫻花飄舞。在美麗的森林裡，如白煙般迷濛的霧氣隨風流動著，瀰漫在黑暗中。

腦海裡閃過數張臉，還有好幾個聲音，卻全都模糊不清，不知道是何人。昌浩的大腦一片混亂。

花瓣飛舞。霧氣飄向他們，帶著櫻花的淡香。

「唔……」

昌浩的呼吸異常凌亂，紅蓮抓住他的肩膀，放出神氣。

纏繞著昌浩飄蕩的霧氣被驅除了。

修長的神將懊惱地衝口而出：「原來元兇是櫻樹。」

「咦？」

昌浩茫然地抬頭看著紅蓮，喃喃複誦：「櫻樹？」

「沒錯。」

紅蓮點點頭，單用左手重新抱好勾陣，再舉起右手，噴出火焰鬥氣。

勾陣犯了失誤，而昌浩只想著咲光映與屍，看不見其他事物。

屍與咲光映是在這座森林被晴明盯上、被神將追捕的孩子。

紅蓮確實對昌浩和勾陣說過，不要把他們交給晴明，自己也留在現場阻斷追兵。當時他就是覺得非那麼做不可，為什麼？

聽到「交出他們」這句話，自己就反射性地想「不能交出他們」、「必須阻止神將們追上昌浩」，沒有考慮到其他事。

莫非，在那時候，櫻花的污穢就已經攪亂了所有一切？

不只尸櫻，這世上的所有櫻花都會使生物發狂。

這裡的櫻樹會吞噬氣力、生氣、神氣。若覺得櫻花好美，就被魅惑了。

唯有當時最強烈的情感會殘留下來，其他都會被櫻樹慢慢侵蝕。

悄悄地、緩緩地、著實地被侵蝕，卻毫不自覺。對於自己的思想越來越偏頗，也不會產生懷疑。周邊的人都處於同樣狀態，所以無人察覺。

紅蓮之所以會發覺到這點，是因為從離開尸櫻森林，到被妖怪追殺又逃入這座森林之前，都沒有接觸到櫻花。而遇到昌浩他們後，又立刻用灼熱的業火燒了森林，沒有足夠的時間被櫻花魅惑。

說不定紅蓮也有點發狂，但連同邪念的污穢一起被火焰淨化了。這麼想，就覺得合理了。

昌浩就是在櫻花森林裡滯留太久了。發生太多事，在內心失去平靜的狀態下，更加快了瘋狂的速度。

「你要保持清醒。櫻花會使生物發狂。看來，這裡的櫻花比人界的櫻花更殘暴、更可怕，稍有疏忽，就會被吞噬。」

昌浩沒有回應。

紅蓮回頭看，真的很想從還在發呆的昌浩的側臉打下去，這才驚覺自己的心也繃得太緊了。

太糟糕了。煩躁與焦慮會使判斷力變得遲鈍，而給了櫻花可乘之機。

紅蓮想起正在交戰的同袍。他們可能是從人界消失後，就一直待在那座森林裡，所以被櫻花侵蝕的時間比自己跟昌浩、勾陣長得太多了。

在尸櫻森林受到攻擊時幾乎無力反擊，昌浩他們拚命逃走，紅蓮也一度被擊倒。但現在回想起來，那些看似佔上風的同袍們，說不定是被逼入絕境，所以連命都不要了。

櫻花是一切的開始，也是一切的元兇。

「可是紅蓮……」

半晌才開口的昌浩，哭喪著臉說：「我無論如何都想幫咲光映。」

「昌浩，你還……！」

「我知道！」昌浩打斷語氣粗暴的紅蓮，激動地說：「我都知道。那兩個孩子扭曲了獻給尸櫻的命運，所以受到了懲罰……他們不該逃走的。」

犧牲許多生命、牽連許多人而得到的幸福，能說是真的幸福嗎？

未來真的有他們想得到的東西嗎？

「即便是這樣，也停不下來了，屍和咲光映都不能回頭了。」
焦躁的紅蓮齜牙咧嘴，對搖著頭的昌浩說：
「你還是要幫他們？」
「幫！」
昌浩吼回去，表情相當糾結。
「因為……」
握緊拳頭的昌浩低嚷：「沒有人會對屍伸出援手了。」
過去，他見過很多同樣走錯路的人，每次都會讓他體悟到一件事。
那就是自己身旁有紅蓮、有祖父。
隨時都有很多人會對他伸出援手、安慰他、協助他、真心對待他。
但屍沒有，屍只有咲光映。
「我答應過他。」
會殲滅妖魔。會協助他。會盡我所能地幫助他。
「沒錯，我是很奇怪。被你一說，我自己才發現。但我答應過他。」
女孩含蓄地說想看海，而男孩看著她的眼神是那麼溫柔。
「屍沒什麼企圖，他只是想保護咲光映，只是如此而已。」

昌浩極力辯解，紅蓮輕輕地搖了搖頭。

「即便是這樣，他也沒有理由騙你。」

紅蓮的冰冷視線掃過勾陣。

「也沒有理由讓她變成這樣子。」

然後，紅蓮目不轉睛地注視著昌浩。

「不要感情用事。有時，情感是雙面刃。」

昌浩咬住了嘴唇。他想反駁，但一句話也說不出口。

他都知道。說不出話來，是因為想幫助咲光映和屍的念頭並不合理。

紅蓮說得一點都沒錯，昌浩再怎麼死纏爛打，他也絕不會退讓。

有時，情感是雙面刃。

既然明白了，昌浩就得下決定、做出選擇。

接下來要怎麼做？

不斷激烈碰撞的兩道神氣，一道赫然消失了。

昌浩倒抽一口氣，視野角落閃過紅蓮嚴峻的表情。

是哪邊消失了？祖父怎麼樣了？沒有活祭品，尸櫻森林越來越污穢了，待在裡面的祖父究竟怎麼樣了？

「昌浩。」

金色雙眸催昌浩下決斷，昌浩握緊了拳頭。

「櫻花……森林……」

戰慄的柔細聲音，震盪了緊張的空氣。

兩人驚訝地回過頭，看到咲光映蒼白著臉，杵立在從石室出來的地方。

她搖搖晃晃地走過來，抓住昌浩的袖子。

「為什麼這裡會有……」

這裡應該沒有森林啊，他們明明在黑暗中狂奔，逃離了邪念、妖魔、櫻花。

「發生了什麼事？」

昌浩很想回答害怕的咲光映，但他也不知道原因。

正在想該怎麼回答時，耳朵被怒吼聲貫穿。

「離咲光映遠一點！」

昌浩還來不及回頭，如疾風般衝過來的屍就把他推倒，抓起咲光映的手，拉著她走開了。

「咲光映，不能待在這裡，櫻花……」

看到屍連聲音都在顫抖的模樣，昌浩和紅蓮都很驚訝。

是什麼把屍逼成了這個模樣？

屍用力抓著咲光映的手，拖著她往前跑。

「屍？」

咲光映怯怯地問，但屍沒回應，一逕衝向黑暗。

「不快點走，櫻花就會……櫻樹就會……」

屍猶如發高燒般不斷重複著相同的話。從森林飄出來的霧氣，拖著長長的尾巴纏住了他和咲光映。

昌浩和紅蓮也被飄出來的霧氣纏身。霧氣擦過鼻尖，昌浩聞到裡面有奇妙的甘甜味，詫異地眨了眨眼睛。

這個味道好像在哪聞過。

「是屍臭味……」

紅蓮低聲嘟囔。

被這麼一說，昌浩想起的確是屍臭味。

好像還聽見微弱的聲響，他扭頭望向後面的森林。

「唔……！」

昌浩屏住了氣息。

森林裡的花不斷飄落。迷濛的花霧中，有無數黑影幢幢搖晃。

踉踉蹌蹌往這裡逼近的黑影，是血淋淋的村人。

他們在隔開森林與黑暗的樹木前停下來。接二連三出現的村人，似乎沒打算從森林走出來，用空虛的眼神盯著即將離去的兩個孩子。

看見他們的咲光映發出慘叫聲。屍把全身僵硬差點跌倒的女孩拉過來，抱住她擁入懷裡。

「咲光映，不要看！趕快離開這裡！」

透過衣服可以知道，嘎噠嘎噠發抖的咲光映的身體冷得像冰。

屍回頭看昌浩和紅蓮。

昌浩要跟上去，被紅蓮制止了。

屍無言地瞪著紅蓮，但紅蓮半點也不為所動。

「這樣逃能逃去哪？」

眼神帶著殺氣的屍回他說：

「去咲光映可以真正笑得出來的地方。」

他不知道那是哪裡，但可以確定不是這裡。

在那裡，咲光映可以像以前一樣笑得天真無邪。

可以用繩子把花串起來，做成花冠、花飾，笑著說好漂亮。

那樣的她，比櫻花更美麗。

「你說要幫我們，果然只是說說而已。」

男孩冷冷地瞥了昌浩一眼，甩甩頭說：「算了，我早就知道了，你們自己小心吧。」

他的眼睛閃爍著昏暗的光芒。

「不管何時、不管身在何處，櫻樹都會追上來。」

話中頗有詛咒的味道。

咲光映用凍結的眼眸，盯著冷酷得可怕的屍。她蒼白的臉早已沒了血色，紫色嘴唇微微顫抖。

然而，屍似乎沒有注意到她的模樣。

咲光映全身僵硬，無法行動，屍卻硬是拖著她往前走。

「走啦，咲光映。」

屍說得非常、非常溫柔，但咲光映看也不看他一眼，定睛注視著黑暗。

「那邊有樹木還沒枯萎的櫻花森林，有棵高大的森林之主，借用那棵樹的力量，可以開出通往其他世界的道路。」

屍的語氣雀躍不已，但害怕的咲光映一個字也沒聽進去。

她轉頭看著昌浩，顫抖的嘴唇似是拚命說著什麼，僵硬的喉嚨卻發不出聲音。

孩子們的身影逐漸遠去。

「啊……」

看到那悲哀的眼神，昌浩不由得想追上去。但才跨出一步，背後就傳來紅蓮嚴厲的聲音。

「輸給情感，會導致最糟的結果。」

伸手出去的昌浩，當場愣在那裡。

有時，情感是雙面刃。

「……」

他想救他們。他是真心想幫他們。

因為他們走在他沒有選擇的道路上；走在他無法選擇的道路上。

在不同世界選擇了不同道路的他們，說不定……

倘若，有幸福的未來等著那兩個孩子，他想親眼見證。他希望他們可以實現他放棄的夢想。

儘管已經知道，那是自己心如刀割地放棄的夢想的幻影。

櫻花會使生物發狂。

埋藏在心底深處的思緒湧上來，讓昌浩作了不該作的夢。

他緩緩放下伸出去的手，喃喃地說：「對不起……」

若沒有被櫻花魅惑、沒有輸給情感，在這之前就會察覺處處都是線索。

昌浩轉頭望向森林。

村人們怨恨地注視著孩子們，嘴裡不停重複著譴責的叫囂。

都是你的錯、都是你的錯、都是你的錯、都是你的錯、都是你的錯。

「紅蓮，走吧。」

雙手重新抱好勾陣的紅蓮甩了個頭，甩開劉海。

「走去哪？」

「去尸櫻森林。」

昌浩稍作停頓，像是在確認般逐字地說：「我要祓除尸櫻的污穢，想辦法讓爺爺恢復正常。」

看到紅蓮的目光泛起厲色，昌浩搖搖頭說：

「不是啦，我要祓除尸櫻的污穢，不是為了屍和咲光映，而是因為那棵樹是一切的元兇。我是陰陽師，所以必須這麼做……至於理由，我也不知道，只覺得應該這麼做。」

紅蓮嘆口氣，瞇起眼睛。

「陰陽師的直覺嗎？」
「對。」昌浩回答後，疑惑地歪起脖子說：「紅蓮，你說你不信任屍，為什麼呢？」
「憑感覺。」
沒想到答案這麼簡潔，昌浩眨了眨眼睛。
「就憑感覺？」
「我不喜歡他的眼神，這種感覺從來沒失誤過。」
看到紅蓮莫名充滿自信的樣子，昌浩的眼角不知道為什麼熱了起來。
好像緊繃的神經終於放鬆了。
「這樣啊……」
昌浩深深喘口氣，抬起頭，遙望森林遠處，看到裡面綻放的花朵開始變成了紫色。
有東西窸窣鑽動。微微傳來孩子般高尖的聲音，村人們在痛苦掙扎中逐漸消失了。
『已矣哉。』
昌浩做個深呼吸。這時候不調整氣息，會被霧氣魅惑。
開始湧現魔性的櫻樹，會把自己誘引到尸櫻那裡吧？
想到這裡，昌浩搖了搖頭。
不，相反。尸櫻在追咲光映。被追的是昌浩。是尸櫻在誘引昌浩。

對，只要待在這個世界，櫻樹就會追到天涯海角。結論是，無論逃到哪裡都沒有意義，沒有地方可逃。

突然出現的森林，恐怕是從尸櫻延伸出來追逐他們的櫻花樹林。如同在人界，櫻樹彼此相連，在這個世界，櫻樹一定也是彼此相連。

往這座森林不斷前進，就會到達尸櫻森林。

神氣消失的那邊，會不會有事呢？另一邊也不可能毫髮無傷吧？

「紅蓮……你有感覺哪個同袍的生命……有危險衝擊嗎？」

昌浩盡可能繞圈子說話，不碰觸核心，因為怕言靈會使事情成真。

「沒有。」

昌浩鬆了一口氣。可見真的只是消失而已，跟紅蓮當時一樣。

兩人奔向尸櫻森林。

跑沒多久，就看到村人們東一個西一個冒出來。除了村人外，徘徊的妖怪也不時會擋住去路，困住他們。

主要由紅蓮應付妖怪。昌浩察覺，每次紅蓮與妖怪對決時都喘得很厲害。

小怪跑來時，毛不是白色，是被染成了斑斑點點的石竹色。其實它全身都是傷，只是被毛遮住看不見。原貌的紅蓮也有數不清的傷痕。想必出血相當嚴重，氣力、體力、

神氣也都快撐到極限了。

紅蓮瞥了昌浩一眼，簡短地說：

「等事情全部解決，我就會休息。在那之前，忘了這件事。」

「知道了……」

櫻花滿滿綻放。去路被飄浮的霧氣染成了一片白，連一丈前方都看不見。

不覺中，妖怪不再出現了，可能是因為進入了森林深處。

忽然，兩個小孩低聲嘻笑著從旁邊跑過去。

昌浩眨了眨眼睛。

那是屍和咲光映。他們開心地笑著，交頭接耳。

是櫻樹呈現的幻影。

兩人的表情比昌浩認識的他們開朗許多，穿的衣服也不一樣。

屍與咲光映的種種畫面，在霧氣中浮現又消失。

幸福洋溢的屍；幸福洋溢的咲光映。

遙遠的日子。

美麗的櫻樹。

悲哀的櫻樹。

呸鏘。

響起水聲，昌浩和紅蓮都訝異地張大了眼睛。

不知何時，黑色水面逼近眼前，件站在水面上。

人面牛身的妖怪，緩緩張開了嘴巴。

『責難將不斷重複。漫無止境地重複，直到永遠、永遠。』

響起水聲。

『懲罰將不斷重複。漫無止境地重複，直到永遠、永遠。』

呸鏘。

『死亡將不斷重複。漫無止境地重複，直到永遠、永遠。』

呸鏘。

『死亡將不斷重複。漫無止境地重複，直到永遠、永遠。』

嗤嗤獰笑的件緩緩傾倒，無聲無息地沒入水面。

被霧氣覆蓋的水面，逐漸被黑暗吞噬消失。

昌浩咬住嘴唇。

「預言……」

在絕對出不去的森林裡，屍不斷聽著那樣的預言吧？難怪會被逼瘋。

縱使為了逃脫森林，無所不用其極，也不能怪他。

昌浩瞥向還沒醒來的勾陣。幸好是勾陣才能把傷害降到最低。她若不是神將，早就沒命了。

活祭品是普通人類、普通女孩。所以屍會想到用神將來代替女孩，昌浩也不是不能理解。

不過，把這個想法說出來，紅蓮會很激動，所以昌浩絕口不提。

「勾陣還不會醒來嗎？」

「體溫慢慢恢復了，但還要很久才會醒吧。」

「那麼，如果尸櫻要吸食她的神氣，你可要保護她哦！」

「你會在那之前解決尸櫻吧？」

被板著臉的紅蓮頂回來，昌浩慌忙補充說那只是假設。

剎那間。

由帶路人帶頭，扛著轎子的轎夫們行色匆匆地從昌浩和紅蓮旁邊跑過去。

兩人不由得停下腳步。

「那是……」

載著咲光映的轎子。

男孩晚他們一步出現了。

昌浩不寒而慄。

男孩臉上毫無感情。沒有必死的決心、沒有憤怒、沒有焦慮，什麼也沒有，只有冰冷的雙眸盯著帶路人手上的火把。

「屍……？」

跟昌浩一起追轎子時，屍驚慌失色，還拚命叫喚女孩的名字。

是的，昌浩知道。他們要去的地方，是聳立著森林之主的櫻樹的開闊平原。
昌浩親眼看見，村長把昏迷的咲光映獻給了巨樹。
他有種不好的預感，於是改變了路線，往轎子與屍消失的方向前進，紅蓮默默跟著他走。
沒多久，黑暗中斷，連櫻樹也中斷了。
他們來到白色花朵如雪片般飄落的開闊平原。
昌浩的心狂跳起來。沒錯，自己不是看見了嗎？在獻出活祭品時，森林之主的櫻樹還綻放著粉紅色花朵。
這棵樹還沒被沾污，還沒變成尸櫻。
那麼，那棵樹為什麼會變成尸櫻呢？
心跳怦怦加速。不好的預感越來越強烈，胸口都糾結起來了。
「屍……」
響起倒抽一口氣的輕微聲音。是發自紅蓮。接著，昌浩也瞪大了眼睛。
鐵臭味搔弄著鼻尖。
件的預言在耳邊迴響。
——死亡將不斷重複。漫無止境地重複，直到永遠、永遠。

花不停地飄落。是白色花朵。是還沒枯萎，但即將被沾污的花朵。

「……！」

踉蹌搖晃的昌浩，撞上站在他正後方的紅蓮。

這時，躺在紅蓮懷裡的勾陣，指尖動了一下。但他們兩人的目光都被眼前的景象吸引，沒有發現。

在漫天飛舞的花朵下，昌浩看見了。

看見在永無止境的時光裡、在悲哀的日子裡，不斷重複的光景。

花不停地飄落。

「……」

連眼睛都沒辦法眨的昌浩，腦中突然浮現被拖進這個世界後，在尸櫻森林所看到的情景。

——咲光映抬頭看著高大的櫻樹綻放的花朵，淚水從她眼眶滑落。

在旁邊看著她的屍，微微動著嘴唇。

聽到屍說的話，咲光映掩住了臉。

我會保護妳。
不惜違背天意。
我會保護妳。
不惜破壞世界天理。
我會保護妳。
不惜粉碎未來。
我會保護妳。
不惜此身墮落為鬼。

連眼睛都沒辦法眨。
眼角發熱，身體微微顫抖。
重複又重複。
說會保護她，而且說到做到的屁——十三歲的男孩，選擇了這條路。
這條愚蠢、幼稚、可怕的路。

多麼悲哀啊。

7

◇ ◇ ◇

被屍硬拖著走的咲光映在進入櫻花森林前，甩開了屍的手。
屍驚訝地回頭看她。
「咲光映……怎麼了？」
他指著森林，滿臉困惑地擠出笑容。
「妳看，就是這裡。這裡面有森林之主的櫻樹。妳看，還沒被沾污呢！現在還來得及，我們走吧！」
咲光映往後退，離開把手伸向自己的屍，輕輕搖著頭。
屍越來越困惑，驚慌地找話說。
「怎麼了？哪裡痛嗎？還是害怕？」
臉色蒼白的咲光映搖搖頭，嘴巴緊閉成一條線。
「妳是替我擔心嗎？儘管放心吧，這裡的樹還有力量，即使生命會縮短，也只是一點點而已。」

咲光映臉糾成了一團，表情看似快哭出來。她嘴唇顫抖，不停搖頭。

片刻後，大顆淚珠從她眼睛滿溢而出。

屍見狀也臉色發白。

「妳是怎麼啦？咲光映，為什麼……」

忽然，屍的目光變得冰冷。

「該不會是……那兩個傢伙對妳說了什麼難聽的話吧？」

當腦海閃過昌浩和紅蓮的身影，屍怒火中燒，模樣變得相當可怕。

「他們說了什麼……！」

森林哆嗦顫抖。受到驚嚇的咲光映，縮起了身子。

綻放茂盛的花朵逐漸枯萎。膠的邪念緊緊貼在無數的樹木上，成千上萬張臉凝視著屍與咲光映。

「唔……」

歌唱般的喃喃細語，流入戰慄的咲光映的耳裡。

『已矣哉……已矣哉……已矣哉……』

在顫抖的咲光映面前，屍露出激動的目光低嚷。

「我會結束這一切……」

眼底亮起昏暗光芒的屍，慢慢舉起了右手。

「去尸櫻森林！」

欣喜若狂的邪念波浪，顫抖著四處噴濺，如濁流般開始流動。

嚇得連眼睛都不會眨的咲光映，心想這次真的完了，沒想到膠的濁流竟然避開了她與屍。

咲光映茫然呆立，屍非常溫柔地說：

「放心吧，我怎麼可能讓妳遭遇可怕的事呢。」

女孩瞪大眼睛，盯著屍看。震顫的眼眸動盪搖曳，淚水沿著臉頰掉下來。

「不要哭，咲光映，沒事了，討厭的人都會被吃掉消失。」

「可……是……」

「嗯？」

屍歪著頭、豎起耳朵，傾聽微弱的聲音。女孩全身顫抖，低聲叫了起來。

「是你……召來了邪念……？」

依然帶著微笑的屍，把眼睛睜得斗大。

動也不動的眼眸看著咲光映。映在眼裡的女孩淚水直流，臉都扭曲變形了。

屍心想：「咦，太奇怪了。」咲光映居然沒有笑，她明明喜歡櫻花啊！這裡的櫻花明明很漂亮啊！

他困惑地轉頭看森林，看到沒有一絲生氣、枯萎的樹木，還有花朵幾乎掉光、裸露的樹枝已經乾枯的森林之主「櫻樹」。

咦，為什麼枯萎了呢？剛到這裡時，還到處都是花，白茫茫一片呢！

困惑的屍想到原因，猙獰地低嚷。

「我知道了……因為沒帶誘餌來……」

誘餌就是昌浩和那兩個神將。沒帶他們來，所以櫻樹擋不住充斥森林的邪念污穢，因此枯萎了。

「屍……」

屍沒聽見顫抖的呼喚聲，焦躁地四處張望。

「這樣不能連接道路，要想辦法讓樹活過來。」

「屍。」

「勾陣還不能使用，再使用就會死，而且也不敷使用，要找另一個……」

「屍！」

屍安靜下來，緩緩轉向咲光映。映在女孩眼底的他，臉上的笑容無比溫柔。

「什麼事？」

他的笑容更深了。

「放心，不用怕，不論發生什麼事，我都會保護妳。」

咲光映仰起了頭。淚水沿著臉頰，從她緊閉的眼睛一顆顆滑落。

看到吞聲飲泣的咲光映，屍驚訝地問：

「妳為什麼哭呢……咲光映。」

女孩抬起眼皮，凝眸注視著屍。

召來邪念的是屍。召來邪念的不是尸櫻，而是她想終身廝守、比誰都重要、比誰都喜歡的男孩。

死人的遺恨會使樹木枯萎。樹若是枯萎就會召來死亡。所以邪念在那裡聚集。

「屍……」

淚水滑落。

屍。這個名字代表他已經成為死人。他的名字被剝奪了。名字被剝奪後，他就被當成了死人。失去名字就是這麼回事。屍是個令人忌諱的名字，就像死屍般的人的烙印。

已經是死人的他的心，召喚了邪念。

「什麼事？咲光映。」

膠的邪念湧向微笑的屍翻滾波動，在他周遭捲起漩渦，將周圍的樹木染成枯黃色。

男孩已經污穢到這種地步了。

「都是……我的錯……」

咲光映的肩膀大大顫抖，很想當場蹲下來放聲大哭。但這麼做毫無意義，也沒有時間哭了。

「屍……我錯了，我不該逃走。」

「咲光映？」

這句話一針見血，屍驚慌失措，眼神飄來飄去。

「咦？什麼？為什麼？」

「我不可以逃走，因為這是我的命運。」

扭曲命運，就會攪亂所有一切。若是沒有逃走，不管心痛有多劇烈、不管悲哀有多深，都不會害他變成這樣，總是強裝出空虛的笑容。

「屍，我要去尸櫻那裡。」

大驚失色的男孩，頓時兇暴地怒吼：「不行！」

咲光映肩膀顫抖著，她猛然往後退。腳下響起噠噗聲。膠包圍周遭，如柵欄般高高聳起成棒狀。

「不行！不要說傻話！是不是遇到太多可怕的事，讓妳有點精神錯亂了？」

屍的態度大轉變，語氣緩和下來。女孩搖著頭說：

「已經逃不掉了……屍……你也知道吧？」

咲光映的臉頰滑落滴滴淚水，她的表情扭曲。

屍含笑的眼眸，猛然顫動起來。「咲光映？」

她的神情、她的話語都很不對勁。屍驚慌地抹除了浮上心頭的猜測。

然而，咲光映又說了他更不想聽的話。

「我都記得……全部記得。」

屍的眼眸凝結了。

她睡著就會忘記一切，絕不會留下記憶。她會忘記屍的誓言、約定、她背負的命運，忘記一切，永遠重複同樣的時間，這就是她所受到的懲罰。

而屍會記得一切，不斷重複數不清的日子，做同樣的選擇、採取同樣的行動、看到同樣的結局。然後，看著忘記一切的她，這就是屍受到的懲罰。

她會忘記一切。不管屍做什麼、她看見了什麼，只要睡著，那些事都會從她的記憶消失。按理說，應該是這樣。

屍恐懼地顫抖，戰戰兢兢地問：「妳說的全部是……？」

咲光映的臉痛苦地糾結起來。光是這樣，屍就完全理解了。

「唔……啊啊啊啊！」

屍抱著頭瞪大眼睛嘶吼。圍繞著他的邪念應聲彈開，好幾張臉崩裂而開，捲起旋風。

圍繞咲光映的膠的柵欄失去硬度，顫抖著瓦解了。

邪念「咻」地遠離了不斷嘶吼的屍，露出原本被覆蓋的地面。那是一條通往森林深處的路，堆滿了枯葉和枯枝。

白色霧氣從裡面快速地飄來。轉眼，枯萎的森林就被冰涼的霧氣吞噬。

咲光映躲進霧氣裡，慢慢向後退。屍察覺她的動作，瞪著她說：「不可以，不要去，咲光映！我不會把妳交給尸櫻，我會保護妳！這次我一定會……！」

面目猙獰的屍要抓住咲光映時，有個黑影搖曳浮現在他面前。

「幹嘛，走開……?!」

屍突然僵直了。

不知道怎麼回事的咲光映也很訝異，但想到機會稍縱即逝，便下定決心跑向了森林深處。

屍忘了要追她，滿臉驚愕地低喃：

「婆婆……！」

是撫養自己長大的婆婆，很久以前就死了。

婆婆跟其他村人不一樣，身上沒有血也沒有傷口，看起來跟死前一樣，目不轉睛地盯著屍。

死的時候還比屍高大的婆婆現在比屍矮小。屍茫然想著，婆婆以前就這麼矮小嗎？

婆婆平靜地開口道：

『你要聽仔細哦……這是很重要的事，村人們卻都忘記了。我只告訴你一個人，說不定哪天會有用。』

她吃力地彎下膝蓋，拿起了什麼東西。從她高舉向天的掌心，白色碎片紛紛飄落。

不知何時，成千上萬的花朵在霧氣中凋零。

屍恍惚地看著這些畫面，想起曾經見過這樣的光景。

小時候，在婆婆帶他去的那座櫻花森林，也同樣看到了櫻花。婆婆坐在堆滿地面的花瓣上，抬頭看著花。

『這座森林現在充滿了生氣。氣不斷循環，所以會不斷開花。是前面聳立的森林之主的櫻樹的氣，讓這座森林不斷地開花。』

不知何時，婆婆的視線離開了屍，轉移到其他方向。下意識追著那個視線的屍，看到那裡有個小孩子。

一個幼小的男孩疑惑地聽著婆婆說話。

那些話都很無聊，但他知道，不聽完就不能脫身，所以默默聽著。

婆婆似乎看出來了，咯咯笑著說：

『我本來想晚點再告訴你這件事，但我剩下的時間可能不多了，所以不得不告訴年紀還小的你，我也不想這樣啊。』

婆婆原本想等他再大一點，可以承接自己的工作後再告訴他。

『森林之主的櫻樹，一年必須祭祀一次。森林之主時時刻刻都在吸食死亡的污穢，所以必須靠祭祀祓除，村裡的人卻從很久以前就不祭祀了。』

有一年，多雲、沒有陽光的日子持續了很久，農作物歉收。所有人都窮困潦倒，連三餐都成問題。

祭祀日期將近時，剛繼承村長位子的年輕人說：「做這種事毫無意義。」

他認為花在祭祀上的時間和祭品，應該用在村人自己身上。

村人正在挨餓，所以贊成村長的人一個個站出來了。

負責祭祀儀式的婆婆的先祖，直到最後一刻都勸他們不可以停止祭祀，但他們還是堅持那麼做。

隔年，大豐收。村長又說既然不祭祀也大豐收，那祭祀也沒有意義。

與其祭祀，還不如把這些作物儲備起來，以備不時之需。

沒有人反對村長的話。

『那之後，我爺爺的爺爺偷偷祭祀了好幾年。可是，某一年被發現，就被禁止去森林之主那裡了。』

婆婆遙望遠處，像是在尋找應該聳立在霧氣前的森林之主。

『太愚蠢了。會搞到每隔幾十年就要獻出一個活祭品，都要怪他們怠惰了祭祀。我們說了那麼多次，他們都不聽，還故意疏遠我們。漸漸地，惹火了森林之主，就是這麼回事。』

使用咒語的家族，知道如何保護自己。他們決定不再管森林之主的事，也不再積極與村人接觸。就這樣，傳承中斷了，村人們都忘了他們是做過什麼事的家族。

村人們沒有守住應該要守護的東西。

所以每隔幾十年就會召來禍害，必須獻出活祭品。

活祭品是從村長的血脈選出來的。停止祭祀的村長的子孫，遭到了報應。

『森林之主的櫻樹，隨時都在吸收死亡的污穢。若是坐視不管，樹就會充滿污穢，使樹枝上所有的花蕾都變成紫色。等花開出來就完了，到那時候再獻上活祭品也來不及。所以，必須在花蕾變成紫色前，獻上活祭品，讓樹木恢復原貌。』

這件事太複雜，小孩子張大嘴巴聽著，不太懂婆婆在說什麼。

但現在的屍，可以理解婆婆話中的真正意思。

那些都是當時聽說過的話。

是霧氣讓他看見了確實存在於自己內心的那些畫面。

『不獻上活祭品就完了。森林之主的櫻樹會沾染魔性，變成招來死屍的櫻樹。這種會綻放紫色花朵的櫻樹，稱為尸櫻……原本，祭祀的話，就會成為神保護人們，人們卻懶得花時間祭祀。』

婆婆唉聲歎氣，沉重地交代小孩子。

『但是，即使沾染了魔性，也要保護尸櫻。儘管污穢了，也絕不能讓那棵樹枯萎。』

小孩子和男孩，以同樣的眼神聽著婆婆說話。

『若是徹底沾染污穢的魔性，尸櫻就會枯萎。在那之前，只要獻上活祭品，把污穢清除到不至於枯萎的程度就行了，懂嗎？』

被囑咐的小孩子似懂非懂地點點頭。

表情複雜的婆婆，沮喪地垂下了肩膀。

『是不是有點難呢……沒關係，即使現在的你忘記了，只要你未來想起來就行了。即使污穢了、沾染了魔性，也要保護尸櫻哦！』

然後，婆婆面向了屍。

四目交會時，屍的心跳不自然地加速。

然而，婆婆並不是看著他，只是視線湊巧轉向這裡而已。

『以前，在污穢到那種程度而招來死屍之前，村裡的人都把那樣的櫻樹稱為祭祀之櫻……也就是祀櫻……』

祀櫻。

喃喃低語的屍，茫然眺望霧氣前方。

森林之主的櫻樹。招來死屍的尸櫻。祭祀之櫻。

要保護尸櫻（shio）；要保護祀櫻（shio）。

眨著眼睛的屍，耳邊響起微弱的聲音。

已矣哉。

沒錯。

「已經太遲了。」

忘了祭祀的村人們，遭到了報應。他們用自己的生命贖罪，不斷祓除尸櫻的污穢。

所以，夠了吧？

屍搖搖晃晃地踏出步伐。

森林之主的櫻樹。以前被稱為祀櫻，現在已淪為屍櫻，成了魔性之樹。

好幾個女孩成了活祭品。唯有繼承怠忽祭祀的村長的血脈的女孩，會被櫻樹吞噬，以祓除污穢，保護村人。

那些村人已經不在了，所以夠了吧？

「咲光映……」

沒有理由再把她獻給屍櫻了。把所有罪過、懲罰都留在這個世界吧。

屍櫻以後會怎麼樣，就不關他們的事了。

那棵樹折磨著咲光映，讓咲光映悲痛，傷害了咲光映，還企圖從他手中搶走咲光映。

那種樹最好滅亡算了。

「等等，咲光映……」

直直往前走的屍，帶著幸福的微笑。

◊　◊　◊

在黑暗中行進的小妖們，來到一間古老的建築物前。

它們朝陰陽師藤原敏次指示的方向前進，最先到達的無人宅院，就是這間房子。

結構小而方正的建築物，很久以前就成了妖怪們的巢穴之一。

猿鬼帶頭進去。

在黑漆漆的屋內，它們避開地板腐朽崩塌的破洞，尋找捲軸。

「真的是這裡嗎？」

懷疑的龍鬼不經意地往上看，不由得張大了眼睛。

發覺它不對勁的猿鬼和獨角鬼走向它。

「怎麼了？」

兩隻小妖也抬起頭，看到樑上有群沒見過的妖怪。

京都的小妖大多彼此認識，因為活得太長了。兇惡的妖怪會被陰陽師們殲滅，只剩下沒什麼力量的妖怪在這裡過著逍遙自在的生活。

「沒看過它們呢……」

猿鬼低聲嘟囔，在它旁邊的獨角鬼跳了起來。

「啊！你看！」

獨角鬼指的妖怪，抱著油紙的包裹。

猿鬼和龍鬼飛身跳上屋樑。

「喂，那是我們的東西，還給我們！」

妖怪們彼此對看後，對著逼近的猿鬼低聲叫嚷：

「這是我們在偶然闖入的宅院發現的，我們撿到的就是我們的東西。」

「不！那是我們……拿出來的東西，對住在那裡的人很重要，快還來！」

妖怪們哈哈大笑起來。

幾隻妖怪偷偷使眼色，把包裹往裡面移動，藏在猿鬼它們看不見的地方。

「喂！」

龍鬼怒氣沖沖，妖怪笑嘻嘻地說：

「這麼想要回去的話，就來搶啊！」

晚一步跳上來的獨角鬼，滑入猿鬼與龍鬼之間。

不知何時，屋樑與橫木上出現了成群的妖怪。

「被包圍了……」

臉色發白的獨角鬼低聲嘟囔，龍鬼叫囂說：

「我們才不怕呢……！」

「沒錯！我們遇過更可怕的事！」

它們都知道有句話叫寡不敵眾，但絕不能就此退縮。

「我們接受挑戰，搶給你們看！」

齜牙咧嘴的猿鬼放聲怒吼，為戰爭揭開了序幕，三隻小妖同時撲向了無數的小妖。

◇　◇　◇

籠罩的霧氣濃得像煙霧，連短短一丈前方都看不見。

昌浩一邊伸出手確認有無東西，一邊小心腳步前進著。

為了避免與紅蓮走散，他還不時回頭確認紅蓮在不在。這樣一次又一次地回頭，被紅蓮嘲笑他太神經質了。

說得也是。

昌浩覺得胸口鬱悶，甩了甩頭。

在森林裡看見的光景會堵塞人心，使心往下沉。

櫻花在白色霧氣中不停地飄落，撫過昌浩的臉。

無意識地朝向前方的視線，發覺翩然飄落的花瓣變成了紫色。

昌浩與紅蓮驚愕地張大了眼睛，同時也加快腳步。

霧氣淡去，視野豁然開朗。

數不清的樹木綻放著濃濃的紫色花朵。是尸櫻森林。

在尋找森林之主的尸櫻時，昌浩發現樹木被推倒、表面凹陷、堆積的花瓣被掃光而露出黑土的地方，躺著熟識的人。

「朱雀……」

紅蓮低聲嘟囔，昌浩大驚失色地衝向了朱雀。

朱雀仰躺著，破破爛爛的上衣被鮮血染紅，腰間的鎧甲也碎裂了。

應該掛在脖子上的裝飾品片甲不留，纏在額頭上的布溼漉漉地吸滿了血、沾滿泥巴，被扯破了。

他的眼睛緊閉，血沫從半張的嘴唇冒出來。

「朱雀！」

昌浩跪下來，想搖晃他，但卻猶豫了。看朱雀外表傷得很重，萬一內臟也有看不見的損害，若隨便移動他是會有危險的。

「朱雀、朱雀，你醒醒啊……！」

叫了好幾聲，朱雀的眼皮才微微震顫起來。

慢慢張開眼睛的火將朱雀，視線飄忽不定。

發現跪在旁邊的昌浩與站在旁邊的紅蓮，朱雀瞇起眼睛說：

「你們……回來了？」

「朱雀，發生什麼……！」

詢問的話語被就近爆發的神氣打斷了。

他們猛然轉向那裡，看到青龍靠大鐮刀的長柄支撐著身體，就快倒下去了。

青龍全身纏繞著閃電般的火花，先瞪朱雀一眼，再斜睨紅蓮。

「騰蛇……！」

激動得閃閃發亮的紫紅色眼眸的視線射穿了紅蓮。

青龍搖搖晃晃擺出架式，揮起大鐮刀。「咲光映和屍在哪裡？」

砍下來的彎月刀刃迸發神氣。

昌浩及時築起結界，護住了自己和朱雀。

爆風掃過樹木，把花朵吹得四處飄散。裸露的枝椏瞬間冒出花蕾，綻放出比散落的花朵更濃豔的紫色花朵。

昌浩的心顫動不已。

紫色變得更濃烈了。這樣下去會充塞污穢，致使魔性的樹木枯萎腐朽。

忽然，他心生疑惑。

枯萎後，污穢會往哪裡去？

如波紋般擴散過來的東西包圍了結界。噠噗聲響起，幾萬張臉緊貼在結界上，吧嗒

吧嗒動著嘴巴。

它們不停重複著詛咒般的話，昌浩小心不要被魅惑，把全副精神集中在朱雀身上。

「朱雀，怎麼會這樣……」

只能轉動眼珠子的朱雀，輕聲笑著說：「你……還替我擔心嗎？」

「當然啦！」昌浩反射性地吼回去，把掉在旁邊的火焰之刃再度塞回朱雀手裡。

「趕快把這麼危險的東西收起來。」

這是那次事件後，他第一次碰觸這把刀。

朱雀的眼睛閃爍著昏暗的光芒。

「趁現在……你也可以殺了我，昌浩。」

8

昌浩以為自己聽錯了。

他不可置信地看著朱雀。

「你說……什麼……」

神將淡淡地重複剛才的話：「趁現在……劍術不好的你……也可以殺了我。」

接著，他揚起嘴角自嘲地說：「我答應你的事……忘了吧。」

愕然俯視著朱雀的昌浩握起了拳頭，肩膀顫抖。

「我不要、我才不要！」

為什麼突然說出這種話？昌浩無法了解朱雀的意圖，但還是很冷靜，斷然拒絕了。

朱雀稍微抬起沾滿血和泥巴的傷痕累累的左手，以顫抖的手指指向前方的尸櫻。

老人站在尸櫻旁邊。

昌浩倒抽了一口氣，環顧四周，沒看見件的身影後，鬆了一口氣，但覺得很奇怪，

為什麼只有朱雀和青龍在這裡？

「太陰呢？」

「不知……」

聽見朱雀吐大氣似的回答，昌浩的視線迅速掃過周遭一圈。

「大家都跑到哪裡去了？玄武、白虎……還有天一，都在這裡吧？」

朱雀的眼皮顫動了一下。他指著尸櫻的手握成了拳頭，椎心刺骨地說：

「被吞噬了……」就只說了這麼一句。

昌浩注視著尸櫻，還有背對著他們、頭也不回的祖父。

祖父的右手下垂，左手觸摸著尸櫻的樹幹。那棵樹污穢了。光站在旁邊，生氣都會被吸走，直接接觸當然會被吸光。

在櫻花森林，每次為了撐住身體而碰觸樹木都會被剝奪生氣，意識逐漸模糊。昌浩想起這件事，臉色發白。

「爺爺，不行啊……」

正要站起來的昌浩察覺祖父下垂不動的右手、穿著狩衣的背影，好像有點怪異，便停止了動作。

祖父慣用右手，為什麼會用左手觸摸樹幹呢？

風颼颼吹過。沒有受損的樹木瘋狂撒落花朵，深紫色的花瓣如暴風雪般狂亂飛舞。

櫻花會使生物發狂。

因為待在會使感覺、能力、神氣甚或所有東西發狂的森林裡，昌浩始終沒有發覺到。

心怦怦顫動。掛在胸前的道反勾玉產生了冰冷的波動，與心跳相互呼應。

勾玉的力量補足了昌浩很久以前失去的靈視能力，將被隱藏的東西映在昌浩腦裡。

絕不回頭的背影之中有著生命的火焰。那是魂魄，存在於以年輕模樣出現的靈體的更深處。

昌浩並沒有真正看過魂魄，只能憑圖畫、書籍的記載來想像，應該是很像兩個勾玉合起來的太極圖。

兩個勾玉是魂和魄，各自都是陽中帶陰，陰中帶陽，不會偏向任何一邊，保持完美的平衡。

然而，昌浩的心又怦怦悸動起來。他張大眼睛盯著老人的背影，無法眨眼。

「魂……不見了……?!」

愕然低嚷的昌浩，聽見含笑的低語回應說：

「看出來了啊……不錯嘛……」

原本還懷疑昌浩在播磨國菅生鄉能修行到什麼程度，看來是超越了想像。

朱雀緩緩移動視線。

找到問題點的昌浩，看著即將打起來的鬥將們。

神氣爆發的青龍靠著意志力撐住快彎起的膝蓋，把大鐮刀當成拐杖，注視著紅蓮。

被轟炸時，紅蓮轉身護住了懷裡的勾陣。凝聚的神氣重重落在他身上，痛得他無法呼吸，背上的傷口受到重擊又裂開了。

灼熱的鬥氣迸射出來。

青龍步履踉蹌地握著大鐮刀，對紅蓮發出了殺氣騰騰的嘶吼。

「咲光映……在哪……？」

他滿腦子都只想著這件事。

尸櫻要得到咲光映。晴明下令把咲光映帶來。

朱雀把刀揮向了主人。太陰不知道跑哪去了，一直沒回來。

跟隨晴明、聽從命令的式神，現下只剩青龍。

紅蓮邊提防青龍，邊環視周遭。看樣子，是無法避免衝突了。必須找個安全的地方把勾陣放下來再應戰，不然自己會有危險。

青龍就像受傷的野獸，不會考慮後果。現在盤據他腦中的念頭，大概只有殺了眼前的敵人，找出尸櫻的活祭品。

才剛與朱雀進行過生死決鬥的青龍，每動一下就鮮血直流。他全身都是被火焰之刃砍傷的傷口，形成好幾條紅色血痕，淌著血滴。

紅蓮感覺腳下有東西鑽動，體溫逐漸從赤裸的腳底流失。他赫然低下頭，看到不知何時蜂擁而至的幾千張臉，吧嗒吧嗒動著嘴巴，等血滴淌下來。

他迸放神氣，驅散那些臉，重新抱好勾陣。

邪念趁他把注意力集中在青龍身上時，團團圍住了他。

地面堆積著層層花瓣。黑膠躲在那裡面，等待新獵物。

被刨挖開來的花墊底下，究竟埋藏了多少邪念、多少污穢？紅蓮難以想像。

氣枯竭會使樹木枯萎，充斥樹木的污穢會隨著花朵散落，並聚集膠的邪念。邪念所散發的邪氣是不祥之氣，樹木吸入後，又會引發更嚴重的枯萎。

這是沒完沒了的循環。污穢的連鎖就在這裡。

紅蓮一面注意青龍的動靜，一面確認昌浩在他背後築起的結界是否安全。邪念趴在結界護牆上不停扭動，打算直接吃掉法術。昌浩的靈力也衰退了許多，看來沒多久結界就會被啃破。但只要還能待在裡面，昌浩就不會有危險。朱雀不能動了，應該也不能傷害昌浩。邪念與交戰的衝擊，都會被結界所阻斷。

再瞥一眼尸櫻下的老人。他動也不動，完全猜不透他在想什麼。

青龍雖然遍體鱗傷，但手中握有武器，恐怕會不要命地殺過來，看不到這之外的任

何事。即使紅蓮懷裡的勾陣、後面的昌浩映入他眼簾，他也可能認不出他們是誰。

反過來看，紅蓮的雙手都被勾陣佔據，也沒有武器，還要保護昌浩。神氣快消耗到極限了，即便是現在，森林也還持續吸食著他的神氣。

「那傢伙也一樣吧……」

但現況對紅蓮還是壓倒性的不利。

青龍與紅蓮同時緩步後退，彼此互瞪。誰先露出一點破綻，誰就會被殺。

忽然，邪念如漣漪般流向了尸櫻。看到漣漪逐漸靠近老人，紅蓮的注意力剎那間從青龍身上移開了。

青龍沒有錯過這個瞬間。

他使出渾身力氣，揮出了彎月刀刃。在刀尖捲起的神氣濺出火花，凝聚成巨大的團塊，飛射了出去。

白色火龍跳出來，衝向團塊，將火花咬碎，讓團塊爆炸。

紅蓮蹬地躍起，但太遲了。

夾帶殺氣的神氣之雨如利刃般傾瀉而下，沒彈開的幾把利刃一刺中紅蓮就爆裂了。

「唔……！」

他痛得差點叫出聲來，但仍是硬吞了下去。

儘管摔進了幾萬張臉裡面，他還是盡力護住勾陣，不讓她碰觸到邪念，他不禁打從心底讚賞這樣的自己。
肉屑與鮮血從神氣炸開的傷口噴濺出來。纏繞全身的邪念，乘機把生氣吸個精光，令他覺得體溫快速下降。
紅蓮撐起單膝，重整姿勢，抬起頭才發覺額頭被割傷流血了，他懊惱地咂了咂舌。
青龍顫抖著肩膀喘息，也撐起單邊膝蓋。呼吸帶著吹哨般的吁吁聲，冷汗直冒。不斷淌落的血滴，早已被等在那裡的邪念吞噬。
強烈的神氣相互碰撞，尸櫻森林被蹂躪得慘不忍睹。
倒下的樹木重重交疊，因爆炸而漫天飛揚的塵土散落在還勉強豎立的樹木上，承載不住重量的枝椏因此接二連三地掉落下來。
綻放在掉落的枝椏上的花朵，顏色濃烈到不能稱為紫色，枝椏也乾枯了。
紅蓮用鬥氣威嚇聚集過來的邪念，強撐著爬了起來。
「紅蓮！」
看見大驚失色的昌浩打算解除結界，紅蓮放聲大叫：
「不要過來！」
如果能爭取到一些時間，他會瞬間打開結界把勾陣扔進去，再對青龍展開反擊。然

而，在體力上、氣力上，他都沒有這樣的餘力了。

殘破的森林震顫著，屍櫻的花開了又謝。

紅蓮覺得，充斥森林的邪念更沉重地壓在身上，令人不寒而慄。

淌落的血肉、因不斷衝撞而炸裂的神氣殘渣，都是屍櫻的食物。

都是用來祓除過度污穢的祭品。

森林哆嗦顫抖著，企圖吞噬神將們的力量，就像吸光勾陣的神氣那般。

青龍也察覺到了。

必須在那之前……

「把咲光映……！」

青龍已經不知道自己身在何處，與誰對決了。

飄著大量的花飛雪。在夢幻般開了又謝、謝了又開的花朵之中，只有手裡刀柄的堅硬觸感，與全身劇痛的傷口是真實的。

完成主人的命令、保護主人，是青龍的一切。

他緩緩望向站在紫色花飛雪前方的敵人，心想那是誰呢？

眼前的你要阻擋我嗎？

那不管你是誰，我都會當場埋了你。

使出渾身氣力的青龍，吼叫著向前衝。

紅蓮想閃避，但膝蓋虛脫無力，失去了平衡。好不容易爬起來時，青龍已經進入攻擊範圍。

就在他斷念的瞬間，眼角餘光看見勾陣的左手動了一下。

「把咲光映交出來！」青龍揮著大鐮刀怒吼。

紫紅色雙眸忽然凍住了。

在紅蓮懷裡的鬥將勾陣用左手拔起腰間武器，擋住了砍下來的彎月刀刃。金屬擦撞聲迴響，撕裂了緊繃的空氣。

只靠一隻微微顫抖的左手接住大鐮刀的勾陣，眼皮還只有半開，底下的金色眼眸炯炯發亮。

消失已久的土將勾陣迸發出神氣。受到衝擊的青龍瞠目結舌，被筆架叉連同大鐮刀一起彈飛出去。

揮出武器的左手軟趴趴地垂下來。勾陣的手還不能完全使力，筆架叉差點掉下去。

紅蓮屏住呼吸，耳邊響起沙啞的聲音。

「騰蛇，放我下來。」

紅蓮聽從指示把她放下來，但她才走一步就差點跌倒，紅蓮趕緊扶住她。表情還恍

恍惚惚的她很不客氣地向紅蓮說：

「礙手礙腳的，快讓開。」

「喂。」

才剛醒來態度就這麼惡劣，令紅蓮難免不悅。

勾陣推開紅蓮的手，步履蹣跚地握起筆架叉。

如蒸騰熱氣般冒出來的神氣纏繞她全身，金色眼眸的視線射穿了遍體鱗傷的青龍。

沒有血色的嘴唇，浮現淒厲的笑容。

「要對付你，用不著最強的騰蛇親自出馬。」

青龍的眼睛燃起怒火，但到此為止了。

悄悄靠過來的邪念包圍了他，吸光他僅剩的力量，使他虛脫癱倒。

勾陣喘口大氣，跪了下來。

「勾！」

搭在氣喘吁吁的勾陣肩上的手被揮開了。

「咲光映……怎麼了……咲光映和屍呢……」

兩人的身影都不在視野內。

視線緩緩掃過周遭的勾陣看到倒下的青龍，訝異地皺起眉頭。

「青龍……？」

她只記得神氣在森林裡被吸光之前的事，還有紅蓮趕到的瞬間。記憶斷斷續續，她完全搞不清楚在這裡發生過什麼事。

是夾帶殺氣的神氣喚醒了她的本能。直到前一刻，她都還不知道剛才與她對決的人是青龍。

紅蓮從她的神情與低喃察覺到她的狀況，深深嘆了一口氣。勾陣用浮躁的語氣對這樣的紅蓮說：「你竟然在赤手空拳的狀態下與青龍對峙，真是瘋了。這種時候，儘管拋下我啊！」

紅蓮眨眨眼說：「下次我會這麼做。」

如果有下次的話。

群聚在倒地的青龍周遭的無數張臉突然轉向尸櫻，吧嗒吧嗒動著嘴巴，往那裡快速移動。

手觸摸著尸櫻樹幹的晴明依然背對著眾人。

昌浩暫時解除結界，衝到了青龍旁邊，將他拖到朱雀那裡。青龍雖然不重，但身材比他高又壯碩，所以他只能用拖的。

邊在花埜與沙土上留下拖行痕跡，邊把青龍拖到朱雀旁邊後，昌浩又築起了結界。

看到剛才彼此廝殺的對手躺在自己身旁，朱雀苦笑起來。

「朱雀。」

瞥了一眼晴明的昌浩叫喚神將的名字，火將則以眼神回應。

「告訴我發生了什麼事？爺爺的魂……不見了。」

取而代之填滿空缺的，是尸櫻釋放出來的污穢意念。

「爺爺不是被控制，也不是被附身……而是混在一起了？」

紅蓮與勾陣都倒抽了一口氣。

朱雀沒有回答，這就是答案了。

那是安倍晴明。

同時也是尸櫻。

失落的魂恐怕是被尸櫻吞噬了。取代魂進入體內的東西與剩下的魄結合，形成既是晴明也是尸櫻的狀態。

所以，想得到咲光映的是晴明本身，下令把她帶來的也是晴明的意志。

「我們都束手無策……」

既不是被附身，也不是成為了傀儡。如果是這兩種狀況，或許可以靠陰陽師的法術來解決。

但混在一起的東西，就沒辦法拆開了。晴明與尸櫻同時存在，尸櫻取得晴明的身體和語言，派遣神將去追捕活祭品。

「若讓尸櫻吃下咲光映……說不定可以……」

沒有人回應朱雀這樣的低喃。那只是希望、只是期盼，誰也不敢確定。

昌浩咬住嘴唇，轉頭看著背對大家的晴明。

「昌浩？」

轉過身的昌浩被紅蓮叫喚，握緊了拳頭。

「我要試試看……」

「什麼？」

「把尸櫻從爺爺體內拖出來。」

勾陣大驚失色。

「等等，昌浩。」

紅蓮代替站不穩的勾陣抓住昌浩的肩膀。

「不行。」

「為什麼？這樣下去，他會持續接觸尸櫻的污穢，最後回天乏術，必須在變成那樣

之前……」

來不及祓除尸櫻的污穢了，要先保住晴明的生命。

結起刀印、吸了口氣的昌浩，被虛弱無力的朱雀的一句話刺中了胸口。

「稍有閃失，就會死人。」

昌浩的肩膀抖了一下，朱雀又冷冷地對呆住的昌浩說：「失敗的話，晴明會死，搞不好連你都會死……別這麼做。」

然後，朱雀又望向尸櫻說：「可是……天貴在那裡面，還活著……」

不只天一，還有玄武、白虎。朱雀感覺到，三名被尸櫻吞噬的同袍還在奮力抗拒中。

「拜託你，昌浩，把咲光映帶來這裡……把她獻給尸櫻。」

昌浩回頭看閉著眼睛的朱雀，大叫說：「那怎麼可以！」

朱雀露出悲痛的眼神，望向搖著頭說絕不會那麼做的昌浩。

「你……你們……不也都看見了嗎？」

昌浩、紅蓮和勾陣都沉下了臉。

「你們都看見他們做了什麼……屍又做了什麼吧？」

昌浩無言地點著頭。

開口回應的是紅蓮。

「朱雀，你也在櫻花森林看見了嗎？」

「是啊……」

為了找他們兩人，朱雀進去過櫻花森林好幾次。森林被霧氣籠罩，那霧氣濃到伸手不見五指。

在那裡，朱雀清楚看見了一次又一次不斷重複的光景。

「我不知道青龍和太陰有沒有看見……我跟他們……很久沒說話了。」

「所以，」朱雀又接著說：「把咲光映交給尸櫻吧，這麼做說不定起碼可以救回神將們。」

「可是，」昌浩搖著頭說：「只要找出辦法，袚除尸櫻的污穢，把神將們救出來就行了，一定可以找到什麼辦法。」

朱雀張開緊閉的眼睛，冷冷地說：「我不會原諒屍。」

昌浩聽出他的語氣裡的淒厲，不由得屏住氣息。

「屍那傢伙……很可能把貴人當成了活祭品……是他害死了貴人。」

不只昌浩，紅蓮也垂下了眼睛。

在到達這裡的一路上，他們都看見了。

◊ ◊ ◊

轎子被放在森林之主的櫻樹前，轎夫把咲光映從轎子抬出來。

地上插著帶路人的火把，咲光映被放在光線所及的地方。

花蕾逐漸改變顏色的櫻樹，哆哆嗦嗦地抖動著枝椏。

「櫻樹開始出現變化了……幸好還來得及……」

村人們往後退離。櫻樹樹幹中央產生詭異的扭曲歪斜，亮起朦朧的光芒，向外擴散。

當祭品被光芒包住、吞噬，櫻樹取得祭品後，污穢就會被祓除，恢復元狀。

眼看著光芒就要接觸到咲光映了。

只差一點點了，這麼想的帶路人感到背部遭受撞擊，眨了眨眼睛。

「咦？」

尖尖的東西從他胸口突出來。

帶路人不知道發生什麼事，瞪大了眼睛。片刻後，看到那東西縮回自己體內，他才驚覺是怎麼回事。

被刀刺了。

隨後而來的劇痛，讓他發出了慘叫聲，但也只剩下慘叫的時間了。

刀子精準地刺進了粗血管，鮮血從傷口噴濺出來。目瞪口呆的帶路人緩緩倒下，看不到那之後發生的殺戮慘劇，或許也是一種幸運。

四名轎夫都孔武有力，撲上來要抓殺死帶路人的屍。

「你竟然敢殺人！」

轎夫想讓屍為殺死帶路人贖罪，卻被他闖入攻擊範圍內，並由下往上地揮劍砍斷了脖子。

還不知道發生什麼事、滿臉驚訝的男人，脖子噴濺出了鮮血，倒了下來。屍踢開他，接著用刀尖劃過下一個轎夫的雙眼。被一陣灼熱奪走視力的男人摔得四腳朝天，發出慘叫聲。

為了讓他停止慘叫，屍在收回劍時，順勢用刀尖割破了他的喉嚨。第三個轎夫從背後撲過來，對屍揮下了拳頭，屍使出渾身力氣從他肩頭砍下去。被砍飛的手臂血沫四濺，撞上了第一個轎夫的屍體，發出笨重的聲響掉落地面。

最後一個轎夫原以為屍還是個弱小的男孩，因看到他行兇而嚇得雙腳無力，只能爬行逃走。屍抓住他的衣領，低聲嘶吼：

「我不能放過你。」

讓這個人回到村子，事跡就會敗露。

村人會知道咲光映沒有成為祭品，也會知道他殺了帶路人和轎夫們。
他把劍刺進逃跑的轎夫背部，藉著體重把劍壓進轎夫體內，劍精確地對準了心臟的正後方。
男人吐出鮮血，他又抓住男人的頭，讓男人向後仰，用拔出來的劍砍斷男人的脖子。
應聲四處噴濺的鮮血，將如花毯般覆蓋周遭的粉紅色花朵染得斑斑點點。
從死去的男人身體所流出來的血都被花瓣吸光，屍面目猙獰地看著被血濡溼的地方逐漸乾涸變色。
片刻後，他肩膀起伏喘息，臉色發白，看著自己的手。
他渾然忘我地握著一把古劍。為了救咲光映，他到處尋找武器，發現這把用布包著被藏在老舊木箱子裡的劍。他想應該是婆婆的，但他完全不知道婆婆有這種東西。
劍沒有生銹，只是黯淡無光，顏色像被雷電擊中燒焦了。劍的附近還有個圓板子和玉墜，板子白霧霧、髒兮兮，用來串玉的繩子也脆化斷裂了。捏在指間的玉有很多裂痕，不知道是用來做什麼的，反正已經不能再使用了。
握著劍的左手、右手都沾上了比黑暗更黑、飄著鐵臭味的黏稠液體。
手這時才開始發抖，屍把劍扔到地上，用堆積的花瓣擦拭骯髒的手，粉紅色花瓣被染成了髒兮兮的黑色。

背脊一陣寒慄，不祥的感覺湧上心頭。
不斷飄落的花不知何時停止了。
屍抬頭看森林之主的櫻樹，倒抽了一口氣。
花謝後再長出來的花蕾，是從沒見過的顏色，接近黑色、黑暗的顏色。
紫色。
婆婆的話在耳邊響起。
——不獻上活祭品就完了。森林之主的櫻樹會沾染魔性，變成招來死屍的櫻樹。這種會綻放紫色花朵的櫻樹，稱為尸櫻……
從男孩的嘴唇溢出茫然的低喃。
「……尸櫻……」
密密麻麻開滿所有枝椏的花蕾大大地膨脹起來，就快開出沾染魔性的污穢花朵。
「為什麼……」男孩不由得大叫，屏住了呼吸。
櫻花的花墊上，滾落著鮮血淋漓的淒慘屍體。兇手是屍。為了救咲光映，他渾然忘我地殺死他人。
死亡是污穢。
碰觸到污穢、死亡的森林之主的櫻樹，完全沾染了魔性。當污穢的魔性盤據整棵樹，尸櫻就會枯萎。
即便沾染了魔性，也要保護尸櫻。
屍搖搖晃晃走向樹根，他看見躺在地上的咲光映的額頭沾上了飛濺的紅色血沫。
他犯的罪就在這裡。
「咲光映……」
他必須帶她趕快逃走，但看到她沉睡般的臉，胸口便湧上了無法形容的溫暖感覺。
「妳沒事……太好了……」
他浮現恐懼與悲哀交織的笑容，當場跪了下來。
只要妳平安無事，我就滿足了。
他茫然地瞥了一眼同胞的屍骸，又被吸引似地抬頭看著巨樹。
看著密密麻麻結滿無數花蕾的櫻樹。
「我會保護妳……」
屍知道該怎麼做。
祓除污穢就行了。獻上活祭品，便能祓除污穢。
屍被婆婆撫養長大，從婆婆那裡學會了很多東西，直覺告訴他，用一般人當活祭品沒有意義，必須用被選中的人。

但這個人如果比被選中的人更有分量，那就另當別論了。

森林之主的櫻樹擁有驚人的強大力量，可成為神明也可成為妖魔。要鎮住這棵樹，需要強大的活祭品。

在這裡，屍把死亡獻給了櫻樹。開始充斥周遭的死亡污穢，遲早會形成遺恨，導致樹木枯萎。

有某種存在的力量能清除那些遺恨，使污穢的櫻樹恢復元狀。

那種存在已經不是人類，屍知道那種存在。

「神……」嘟嘟囔囔的屍，全身嘎噠嘎噠顫抖。

太可怕了。

他接下來要做的事非常可怕。

但還有令他更害怕的事。

「沒有比不能保護妳更令我害怕的事。」

屍用力吸了一口氣。

不能使用守護這個國家的神。在這個國家，櫻樹被稱為神，把櫻樹獻給櫻樹也沒有意義。

但使用其他國家的神，一定可以達到目的。

這麼做會背離人道。

但那又如何呢？殺了那麼多村人的他，早已背離了人道。

他的身體想必也沾滿污穢，所以他要找的祭品，必須可以把這些污穢也一起祓除。

許下承諾的他無論如何都要守住諾言。所以，什麼事都做得出來。

穿著新衣、躺在櫻樹下的女孩，不必承擔任何罪過。

這麼做都是他的意志。

這麼做都是因為自己害怕失去她。

「聽見我的聲音，請降臨此地，獻出妳自己。」

那是其他國家的神、外界的神。屍只知道名字，也不知道是否真的存在。

但是，櫻樹啊，請開出一條路。

讓你的祭品降臨此地吧！

「十二神將之一天乙貴人——……！」

在繽紛綻放的櫻花森林裡，靠著樹幹的咲光映緩緩張開眼睛。

「啊，妳醒了？」

女孩眨眨眼睛，偏著頭說：「我睡著了嗎？」

「嗯。」男孩點點頭，站起來說：「美得像夢一樣呢！」

在抬頭看著櫻花的屍背後，女孩露出憂鬱的眼神低下了頭。

「怎麼了？咲光映。」

察覺不對勁的屍轉向了她。她垂頭喪氣，吞吞吐吐地說：

「不久後……我就要嫁給遙遠國家的首領了……」

她的雙手在膝上交握，難過地接著說：

「父親說……是不知名的國家的首領，連長相都不知道……」

所以，今天是她最後一次來這裡。

因為想再見屍一面，她從忙著準備婚事的家溜出來了。

風吹起了，花朵飄落。是粉紅色的美麗花朵。她很喜歡與屍一起仰望這棵樹的時光。有屍在，她什麼也不怕。不小心睡著了也沒關係，因為有屍在。

咲光映抬起頭，惆悵地笑著說：「所以我來道別。」

專心聽她告白的屍，握起她放在膝上的白皙雙手，把她冰冷的手指包在自己手中，幫她取暖。

「不管發生什麼事，我都會保護妳。」

突然聽到這樣的話，咲光映感到困惑。但屍的眼神認真得可怕，包著她的手指的手也很用力。

「別忘了，我一定會保護妳。」

屍一個字一個字地說，像是要把這句話烙印在心底。咲光映看著他誠摯的眼神，點了點頭。

「嗯。」

就這樣，開始了沒有結束的日子。

天一亮，婚禮的轎子就會被悄悄抬出來，直奔尸櫻森林。

每次屍都會追著轎子跑，把咲光映帶回來。

躺在尸櫻樹根處的她，醒來時會忘記一切，告訴屍自己將嫁到遙遠的國家，然後屍就會把誓言告訴她。

被十二神將天乙貴人的神氣淨化過的櫻樹，在不斷重複的日子裡又逐漸沾染了新的污穢。

繼續殺帶路人、殺轎夫的屍，發覺光重複殺這些人已經不夠了。

咲光映越來越虛弱。每次被送到那棵櫻樹底下，她的生氣都會被櫻樹剝奪。

所以屍準備了代替她的祭品。

被抬進轎子的不是咲光映，而是村人。哪個村人都行，多得是替身。

就這樣，屍追到載著村人的轎子，就把帶路人和轎夫都殺了，再獻上從轎子拖出來的祭品。

即使這樣，還是支撐不了多久。有時，咲光映會被櫻樹、尸櫻召喚，經常在森林裡迷失、睡著。

睡著就會忘記一切，但接觸尸櫻就會被剝奪生氣。

為了預防她被搶走，屍不斷獻上祭品。

死的人越來越多，他們的屍體都被屍埋在森林裡。他們的遺恨充斥於森林，招來邪念，帶來污穢。

久而久之，屍對殺死村人這件事，再也沒有猶豫和恐懼。

本來有幾十個村人，但沒多久全都命喪於屍的手下。

他身上經常纏繞著死亡的污穢，所以膠般的邪念開始靠近他。

每當屍獻上祭品，櫻花森林就變得更大、更深邃。邪念在那裡棲息，把無人的村子也吞噬了。

他們過著不斷重複同樣事情的日子。同樣的話、同樣的選擇、同樣的結果，只有祭品的臉不同。

真正的祭品咲光映總是被屍保護著，不論看見什麼、發生什麼事，她都會在醒來時統統忘記。

但當祭品都用完時，充滿污穢的尸櫻終於綻放了。

在放眼望去都是紫色花朵的森林裡，女孩臉色蒼白地躺在地上。

紫色花瓣紛紛飄落在女孩身上。悄然堆積的光景，宛如美麗的圖畫。

發現她不知何時失去了蹤影，屍半狂亂地搜尋。會找來這裡，是因為猜測她可能會在此處。

在花下閉著眼睛的她，美得不像這世上的存在。

她是被櫻樹召喚來的。

「咲光映……」

屍在紫色花墊上崩潰了，沮喪地垂下頭。

花開。花謝。花飛舞。他好想永遠、永遠看著這樣的景色。

他無力地跪下來，撫摸咲光映的臉。她的臉冷得像冰。

「我會保護妳……」

喃喃自語的男孩，聽見了水聲。

呸鏘。

屍緩緩轉動脖子。

妖怪佇立在紫色花瓣飛舞的黑暗中。

人面妖怪凝視著屍，緩緩張開了嘴巴。

『你將會喪命。』

件宣告了預言。

屍的眼眸昏暗凝結。

◇　◇　◇

9

件的預言一定會應驗。

是屍把晴明他們拖進了這個世界。

為了把他們當成祭品獻給尸櫻，代替咲光映。

然而，尸櫻只吃掉了神將們和晴明的魂，與剩下的魄混合了。

就這樣，尸櫻有了追捕孩子們的方法。

「元兇是屍……他是貴人的仇人！」

朱雀發出殺氣騰騰的吼叫聲。不只前代的天乙貴人，屍把現在的天一也當成祭品獻給了尸櫻。

「我不惜同歸於盡也要殺了他！」

昌浩不忍心看著這樣的朱雀撇開了視線。朱雀吐露的心情，他再理解不過。

儘管理解，他也不能讓神將做出那種事，因為屍是人類。

想確認老人狀況的昌浩，赫然發現無數張臉緊貼在自己佈設的結界上，驚訝地瞪大了眼睛。

「什麼……！」

大量的黑膠厚厚地佈滿結界，完全看不見四周。

數不清的臉吧嗒吧嗒動著嘴巴，如同詛咒般重複著同樣的話。

『已矣哉。』

起初夾雜在風裡的微弱聲音，逐漸變強、變大。

『已矣哉。』

昌浩集中靈氣，偵察四周。發現持續剝奪神氣與生氣的邪念，已經增強到超乎想像，覆蓋了整座森林，不只是結界而已。

回頭一看，神將們全都遍體鱗傷。朱雀受了重傷，青龍被吸光了生氣與神氣昏迷了。剛醒來的勾陣連站都還站不穩，算是唯一戰力的紅蓮，看來也快撐不下去。

昌浩想唸咒文讓神將們恢復神氣，卻被朱雀制止了。

「不要唸……沒有用。」

紅蓮他們也點頭表示贊同。朱雀說得沒錯。這個地方會吸食生氣，所以不論昌浩使用多少法術也會被森林和邪念吸光。這麼做只是白白消耗靈力，毫無意義。

「不用管我……去救天貴他們。」

朱雀這麼懇求著，呼吸越來越急促。不趕快把他帶出這座森林，恐怕會有生命危險。數量龐大的臉湧上來，一張臉分裂成兩張臉，再繼續分裂。憑感覺就能知道，咒念正不斷繁殖中。

必須想辦法剝開緊貼在無形保護牆上的膠，從這裡出去。

昌浩下定了決心。

「紅蓮……」

金色雙眸炯炯發亮。

昌浩先說了一聲：「對不起。」

「你說就是了。」

「他們拜託你了。」

「知道了。」

大家都傷痕累累，也撐到極限。紅蓮也幾乎沒有餘力了。

但他看出昌浩的意圖，還是答應了他。

「我要祓除尸櫻的污穢，帶回天一他們。」

心臟撲通撲通躍動。

在邪念的包圍之前，晴明一直背對大家站著，把左手放在尸櫻上。若豎起耳朵聆聽，

還會聽得見晴明低聲唸著什麼。

散發出來的是妖氣。也就是從昌親家把梓帶走的那股氣息。那麼熟悉的氣卻是妖氣，因為只剩下晴明遺傳自雙親的魔性部分。

晴明絕不回頭。只有魔性的人，沒有感情。掌管感情的魂，已經被尸櫻奪走了。

晴明與招來死屍的櫻樹的木魂混合，再也無法復元。他再也不會跟神將們推心置腹，再也不會關心昌浩。而且，在這個時候，尸櫻的污穢也還繼續侵蝕著他身為人類的身體，恐怕過不了多久，他就會被天狐的火焰燒死。

昌浩把手貼放在結界的保護牆上，望向尸櫻的樹根，注視著祖父的背影。

一股衝動湧上。

他想解救他們。

他想解救神將們以及爺爺。

爺爺，你要恢復元狀啊！我會想辦法，我一定會想辦法。

「唔……」

緊握的拳頭微微顫抖，眼角忍不住熱了起來。

但是，他知道。

他想救他們，就跟他想救屍和咲光映是同樣的感情。

冷靜下來思考，就會知道不可能。靠自己的力量，最多只能暫時祓除尸櫻的污穢，不可能拆開已經徹底混合的東西。

紅蓮說的話刺進了胸口。

有時，感情是雙面刃。

倘若感情用事，想抓住所有，反而會失去一切。

「我要解開結界了……」

昌浩從紅蓮的動靜知道，他做好了準備。他要用灼熱的鬥氣趕走群聚的邪念，開出一條直通尸櫻的路。

然後就是賭注了。能不能救回神將們，要看昌浩剩下多少靈力。力量夠的話，可以祓除尸櫻的污穢，再以召喚的方式救回神將們。

若是不夠會怎麼樣？昌浩沒有去想這個問題。他在腦海裡描繪他們的身影。把與他們重逢的身影、模樣，深深刻畫在心中。

昌浩把用右手結的刀印放在嘴邊，「呼」地吹了口氣。

「解……」

包圍他們的結界無聲地消失，壓在上面的邪念往下墜。

瞬間，灼熱的神氣爆發如舔舐般逐漸擴散，燒光了遍布附近一帶的膠。

火焰吞噬了青龍與朱雀交戰的痕跡。

倒下的樹木、花朵鋪成的墊子都燒成了灰而瓦解崩塌。

黑色的地面露了出來。

「謝謝！」

紅蓮想追上往前衝的昌浩，但膝蓋不由自主地彎曲，身體往下一沉。

視野搖晃，神智不清，短暫喪失了意識。

他趕緊靠意志力抓住意識的尾巴，拖回差點完全喪失的意識，支撐住跪地的姿勢，不停喘氣。

他還有力氣，但那是掙脫理性桎梏的本能部分。就像剛才的勾陣那樣，完全不知道眼前的人是誰、為什麼而戰、自己身在何處，只是憑藉鬥爭本能與凶將本性在行動。

這麼一來，很可能殲滅所有會動的東西，不管那是人還是樹木。

誕生以來歷經漫長歲月，這是第一次消耗到這種地步。

紅蓮強撐著抬起頭，靠視線追逐昌浩。

越過昌浩的肩膀，紅蓮看見尸櫻與晴明的背影。

還有，逼向他的黑膠。

紅蓮咂咂舌，心想恐怕沒辦法把它們全部燒光。

他使盡力氣，試著站起來，但腳卻不聽使喚。在遠處偷偷看著這裡的邪念波浪，發出嗟噗聲響，正慢慢向他靠近。

是尸櫻的污穢召來了邪念？還是邪念會往尸櫻聚集呢？

昌浩正蹣跚地走向尸櫻，他現在才發覺體力的消耗遠超過自己的想像。

在那座櫻花森林，他看見了很多的死亡，碰觸過很多的魔性。

不只靈氣和生氣，連體溫都被那些死亡和魔性剝奪了。

手指使不上力，無法靈活地動作。如雪片般飄落的花瓣，已經黑到不能稱為紫色了。

到處充斥著污穢，他必須加快速度。

忽然，眼前的地面隆起，溢出了膠的邪念。

纏住昌浩的腳的黑膠，變成無數張臉哼唱著。

『已矣哉。』

「住口！」

昌浩大叫著望向尸櫻，不由得瞠目結舌，屏住了氣息。

在尸櫻前方、晴明前方的遙遠處。

宛如破布般的嬌小神將，正踉踉蹌蹌地走過來。

步履蹣跚的十二神將太陰，精神恍惚。

這裡是櫻花森林。這裡是尸櫻森林。紫色花朵綻放。花開了又謝，謝了又開，花瓣層層堆積，鋪滿了地面。

每跨出一步，腳都會陷入花瓣裡。這時，躲在下面的邪念就會吸食她的生氣。不是一次吸完，而是像貓凌虐老鼠般，慢慢地折磨太陰。

感覺世界歪斜塌崩，太陰甩了甩頭。

有神氣。是同袍騰蛇的鬥氣。除此之外，沒有其他神氣。而騰蛇的神氣也在爆發後消失不見了。

沒有人在。

看見尸櫻了。

太陰一陣愕然。

晴明抬頭看著尸櫻。好久沒看到晴明的臉了。

為什麼淚水不斷溢出來呢？

晴明、晴明，只要你平安無事，我就滿足了。

離主人只有兩丈遠了，只差一點點了。只差一點就能摸到尸櫻了。

忽然，太陰被絆倒，有東西纏住了她的腳。

她雙手著地回頭看，是黑膠纏住了她的右腳。

『已矣哉。』

幾千張臉哼唱著往上爬。凡是被膠碰過的地方，體溫、神氣、生氣都會在瞬間流失。

太陰瞪大了眼睛。

紫色花朵飛揚、飄舞、狂亂地凋零。

膠從腳底爬上了腰、爬上了背，覆蓋了全身。

意識逐漸模糊，呼吸困難。

太陰瞇起了眼睛。

倘若這是生命的最後一刻，那麼，該看的不是這種東西。

她使出渾身氣力，轉向尸櫻與晴明。

「——」

視線交會了。

老人一次也沒看過她的眼睛，正注視著她。

表情冷漠的老人凝眸望著太陰，把一直觸摸著尸櫻的左手移開，結起了刀印。

老人動著嘴唇。刀印的刀尖畫出了五芒星。

爬滿太陰全身的邪念，被五芒星祓除，全部被彈飛出去了。

老人面對茫然看著自己的太陰，驀然瞇起了眼睛。

真的，看起來像是微微露出了微笑。

「晴……」

剎那間。

她好像聽見了什麼聲音。

太陰張大眼睛，腦裡流入某人看見的光景、某人發出的叫聲。

——啊，所以……

——我才故意不看你們啊！

——看了就沒辦法捨棄你們。

——我必須履行承諾，而我的心卻還是想選擇你們。

——有時，感情是雙面刃。

——件、件啊，你在某處看著這一切吧？

——你宣告預言啊，現在宣告啊！

——快說被尸櫻吞噬的神將會甦醒，快說十二神將都會回到原來的世界啊！

——當神將們和我的魂被尸櫻吞噬時，在眨眼間的空白剎那，你出現了。

——宣告預言的妖怪啊，你的預言一定會靈驗。

——所以，快宣告預言、快宣告救神將們的預言啊！

——尸櫻啊，把你吞噬的祭品還給我。

——我會把你想要的祭品帶來給你。

呸鏘。

響起了水聲。

整片視野都飄著美到極致的紫色花朵。

「……」

睜到最大的眼眸，鮮明地映照出你緩緩傾斜的身影。

你纖細瘦弱的身軀發出微弱的咚哗聲響，倒落在紫色花墊上。

紫色花瓣一枚接著一枚，掉落在你淺色的狩衣上。

在黑暗中紛飛飄落的花瓣，宛如夜半無聲無息不斷飄落的雪花。

你沒有血色的肌膚是屍蠟色。花瓣掠過你的側臉，翩然飄落、堆積。

你趴倒的肩膀、垂下的眼皮、微張的嘴巴動也不動。

風咻地吹過，掃過所有枝椏，奪走無數的花朵。

這是宣告結束的風。

「……」

我想呼喚你的名字，聲音卻出不來。

我想大叫不可能，凍結的喉嚨卻不聽使喚。

我想撇開視線，大叫一定是弄錯了，身體卻僵硬得不能動，連眼睛都無法眨。

你散開的頭髮在風中飄搖，撫觸著你已經凹陷消瘦的臉頰。

啊，看起來好像很癢呢。

你大可舉起手，撥開頭髮呀。

然後，張開眼睛，哎呀哎呀地埋怨，吃力地爬起來。

你大可發出嘆息聲，吊起嘴角賊笑呀！

一如往常地瞇起眼睛，得意地笑著說被騙了吧？

那麼，我也會一如往常地生氣歸生氣，還是原諒你所有的一切。

所以。

所以。

所以——

「……」

我緩緩站起來，伸出手，想叫喚你。

在搆到手之前，不知道為什麼腳突然失去力氣，我癱軟地跪了下來。

覆蓋地面的紫色花朵宛如柔軟的毛毯，從那下方傳來奇妙的喧嚷聲。

『……已矣哉。』

我顫抖的手，好不容易才碰到你骨瘦如柴的手指。

然而，手指已經冰冷。

從紫色花墊下響起狂喜的聲音。

已矣哉。已矣哉。已矣哉。已矣哉。已矣哉。已矣哉。

已經完了。已經完了。已經完了。已經完了。已經完了。

所有一切都完了。

「……」

啊，沒錯。

那膚色像蠟；皮膚也冷得像蠟。

佈滿皺紋的手指僵硬不動。

可見握住的手不會再反握回來了。

不可能。不可能。不可能。

在我無法眨動的眼眸裡所映出的表情，明明像是睡著了啊。

我伸出另一隻手，搖晃你的肩膀，使出全力搖晃，你卻動也不動。

「……晴……明……不……不要……不可能……你醒醒……啊……」

我一邊搖晃一邊叫喚，一次又一次。

從花墊下傳來的聲音，像是在嘲笑我嘶啞的叫喚。

已矣哉。

「……晴明……！」

太陰緊緊抱住動也不動的頭，抽搐般地喘息。

「嗚……嗚……嗚……」

明明是哭著大叫，卻只有嘶啞的沙沙聲從喉嚨溢出來，聽不見叫喊聲，連正常的聲音都出不來。

晴明、晴明，只要你平安無事，我就滿足了。

那樣我就滿足了，真的那樣就滿足了。

奪眶而出的淚水落在老人臉上。一滴接著一滴的淚水往下流，濡溼了冰冷的肌膚。

被削得亂七八糟的頭髮，搔癢著晴明的額頭。

原本等著晴明幫她修復。她深信晴明復元後，一定會唸咒語幫她修復。

事情結束後，老人一定又會對著她笑。儘管語氣刻薄、動不動就插科打諢，他也一定會慈祥地看著神將們。

她知道總有一天會失去他，也知道渡過河川踏上旅程的時刻必然會到來。

這是世間的哲理，所有生物都被這樣的哲理束縛著。

原本想在那個時刻到來之前，慢慢作好心理準備。反正時間還早，所以她想，在那之前做好準備就行了。

看著他一天天老去，她卻覺得那天還很遙遠。

她多麼希望那天永遠都很遙遠。

「嗚……嗚……嗚……！」

自己若是沒來這裡該多好。

還有時間，真的還有剩下的時間。

晴明祓除了尸櫻的污穢，幾乎用盡了所有力量。

若不是在力量用罄的前一刻，看了她一眼，晴明就不會使用法術了。

他應該捨棄神將。不論神將是否會被邪念吞噬、是否會死亡或消失，他都不該感情用事。

——有時，感情是雙面刃。

太陰猛然張開眼睛。

花飛花落。花朵是更加濃烈的紫色，看起來也像黑色。

魂與魄被拆散，只剩下魄的安倍晴明與魔性的櫻樹混合了，按理說不會有一絲一毫的情感。

以前，晴明曾指著描繪出完整陰陽的太極圖向他們解說。

在宛如兩個勾玉的圖裡的兩個小圓，分別是陽中之陰、陰中之陽。這是依照上天的哲理安排的，再怎麼偏頗也不會只傾向其中一方。

那麼，晴明最後露出的笑容，可以證明他的魄還存在著一絲絲的感情。

踩過花瓣的跫音響起。

太陰只轉動眼珠子，看見搖搖晃晃走過來的昌浩，表情糾結起來。

昌浩俯視著彎起身體緊緊抱住晴明的頭的神將，面無表情。

晴明動也不動，太陰哭得死去活來。

茫然仰望的尸櫻巨樹，飄落著越來越污穢的黑色花朵。

污穢漫天漫地，已經來不及了。

壓抑下來的感情波濤，反而使心跳更加劇烈。

昌浩按住了胸口。那裡有道反勾玉。沒事，一定還來得及。

要吶喊、要慌亂，等一切結束後再說吧。

昌浩要仿效晴明觸摸尸櫻時，有個聲音制止了他。

「不行！」

在邪念中跌跌撞撞跑來的女孩，淚光閃閃地搖著頭。

「不行，昌浩，你摸了尸櫻就會被吃掉！」

跑得氣喘吁吁的咲光映抱住昌浩的腰，試圖把他從尸櫻拉開。

她的力氣大得不像個小孩子，昌浩沒有站穩，差點跌倒。

他不由得抓住咲光映的肩膀，發現透過衣服觸摸的肩膀也異常冰冷。

咲光映看晴明一眼，咬住了嘴唇。她放開昌浩，轉身面向尸櫻。

「我回來了，請停止吧。」
她要觸摸尸櫻時，被怒吼制止了。
「咲光映，不可以！」
屍氣急敗壞地衝過來。咲光映害怕地縮起肩膀，用力閉上了眼睛。
「屍，不要過來！」
男孩驚愕地站住了。邪念在他周圍喧嚷，捲起漩渦向外擴散。
浮現疑惑笑容的男孩，緩緩跨步向前。
「怎麼了……不行哦，快離開尸櫻……」
咲光映搖著頭說：「到此為止吧，屍，是我扭曲了一切，你沒有錯。」
「沒那回事！放心，我會保護妳！」
淚水從咲光映的眼睛溢出。
「已經完了。」
「為什麼！」男孩發出慘叫般的吶喊，女孩微笑著說：
「因為……我已經死了。」
那聲音非常微弱，卻對昌浩造成極大的衝擊。

他不出得看著自己的手。剛才抓住女孩的肩膀時，感覺異常冰冷。

對了，仔細回想，我不是一直覺得她的身體很冰嗎？每次隔著衣服觸摸到那樣的冰冷，就會覺得她的皮膚也異常僵硬，不是嗎？

忽然，昌浩想起了一件事。

在森林裡，他見過躺在尸櫻下面的女孩與沮喪的屍。

沒看到其他村人，只有他們兩個在尸櫻下面。

然後，屍聽著件的預言，咲光映昏睡不醒。

看在昌浩眼裡，咲光映是睡著了。

心撲通撲通跳動。

為什麼光晴明還不夠，屍把神將們也當成了尸櫻的祭品呢？

難道不只是為了祓除污穢？

難道是為了奪回被搶走的生命，需要更強大的力量？

忽然，昌浩想起在石室作的夢。

夢裡有祖父、有紅蓮，他半睡半醒地聽著他們兩人的對話。

——接到麻煩的委託案正在想該怎麼拒絕……因為扭曲世間的哲理是很棘手的事。

——人類就是這樣，硬要扭曲哲理，背負業障。你擁有幫他們完成的力量，所以把事情攪得更麻煩。

他聽不懂他們在說什麼。

返魂是把死人從黃泉帶回來的法術。

還有一件事帶給昌浩更大的震撼。

為什麼咲光映會有記憶？

屍說咲光映睡著就會忘記。屍說的話或許已經不值得信賴，但昌浩一直以為與咲光映相關的事，他說的都是實話。

「咲光映……妳從什麼時候開始……」

聽見喃喃的發問，女孩緩緩轉過身來。

淚水濡溼了她帶著微笑的臉。

「我的生命在這裡結束了。我被尸櫻叫來，被吞噬了……」

因為屍趕到，阻止了尸櫻，才留下了軀殼。

「死後，永遠不會結束的懲罰也結束了。」她平靜地說：「那之後，慢慢地、慢慢地……每次睡醒時，都會想起種種……」

咲光映轉向愕然佇立的屍，表情扭曲地說：「你把其他祭品獻給尸櫻的事……我也都知道。」

被尸櫻召喚而喪命之前的漫長歲月，都在她體內甦醒了。

咲光映閉上眼睛，哭著說：「對不起。」

昌浩茫然看著兩人。

現在他終於知道，屍已經污穢到極點了。

不是接觸尸櫻的污穢，而是不斷接觸死亡所沾染的污穢。長期以來，他都在接觸污穢，召喚死亡，只是在尸櫻的污穢與邪念氣息的掩飾下，昌浩完全沒有察覺。

而咲光映也長期被死亡的污穢包覆。她已經成了魂魄都被吞噬的殭屍，尸櫻就是在追捕這個漏網之魚。

咲光映這三個字，是櫻樹的古老稱呼。

昌浩陪伴的人，是已經成為殭屍的咲光映（櫻），體內只有臨時的生命。

拚命想遠離尸櫻、逃離尸櫻的昌浩，其實一直跟變成殭屍的咲光映（櫻）在一起。

屍再也受不了地大叫：「不可以！咲光映，我會保護妳！我不會把妳交給尸櫻！」

男孩看著她的眼睛，閃爍著異常的光亮。

呸鏘。

響起了水聲。

在尸櫻前、屍的後面，延伸出黑色水面，件站在水面上。

呸鏘。

件冷漠地看著尸櫻旁的咲光映等人，緩緩張開了嘴巴。

『你將會喪命。』

屍的眼眸凍結了。

『你將會喪命，死於所愛的人之手。』

咲光映抖得很厲害。

『而你所愛的人，也將會喪命，死於你之手。』

妖怪依序瞥過咲光映、昌浩、屍，嗤嗤獰笑，緩緩傾倒。

濺起水花，妖怪的身體沉入了水底。

從快速退走的水底，爬出了幾萬張的小臉。

『已矣哉。』

瞬間，屍彷彿被彈飛出去般撲向咲光映。

『唔啊啊啊啊啊啊啊！』

昌浩想保護她，但被爬到腳邊的邪念絆住，向前撲倒。

「唔哇……」

跪倒的昌浩慌忙抬頭，看到屍跨坐在咲光映身上，面目猙獰地勒住咲光映的脖子。

「不可以、不可以、不可以、不可以、不可以、不可以、不可以、不可以！」

屍張大的眼睛，沒有看著任何人。

花朵飄落。黑色花朵飄落。黑色花瓣飄落。紛紛飄落。整個視野都飛舞著黑色花朵。

「我會保護咲光映！」

不論是森林之神或尸櫻，甚或咲光映本身，都不能阻撓這件事。

奄奄一息的咲光映，把顫抖的雙手伸向屍的臉。

「……音……哉……」

從嘴唇發出來的聲音隨風飄散，沒有人聽見。

咲光映的眼皮、雙手都無力地垂了下來。

屍的手指印清楚地留在她往後仰的脖子上。

屍茫然低頭看著咲光映。

「咲光映……？」

風颼颼吹起。

在完全污穢的花朵不斷飄落中，尸櫻的樹幹冒出了小小的亮光。

屍搖搖晃晃地站起來，後退了幾步。

看到斷氣的屍體，他又叫了一聲：「咲光映……？」

她的身體被尸櫻綻放的光芒吞噬，逐漸淡化透明，最後消失不見了。

屍如癱瘓般當場跪了下來。

在亮光中起舞的黑色花朵，美得出奇。

屍茫然注視著自己的手。

「你……將會……喪命……」

缺乏抑揚頓挫的聲音，重複著件的預言。

「你……將會……喪命……死於……所愛的人之手……」

而你所愛的人，也將會喪命，死於你之手——

男孩眨眨眼睛，滿臉驚慌地四處張望。

「咲光映……咲光映……咲光映……」

他的視線飄忽不定，一次又一次喃喃重複著同樣的話。

「咲光映……櫻……櫻……咲……光映……」

屍的動作靜止了。他的眼眸在仰望尸櫻時凝結了。

片刻後，他發出了沙啞的吼叫聲。

「尸櫻……！」

他要獻上活祭品。

為了把咲光映帶回來，他要獻上活祭品。

昌浩奮力剝開纏住自己的邪念，抓住站起來的屍的肩膀。

10

我會保護妳。

昌浩跟屍一起跪倒在地。

呼吸急促。沒有力氣。被邪念緊緊纏住，靈力幾乎消耗到底了，現在只剩下生氣和一條命。

看著昌浩的屍，眼睛閃爍著異常的光芒。

他的眼神似乎在說：有活祭品了。

昌浩搖搖頭說：「別再那麼做了，即使獻上活祭品也沒用了。」

男孩豎起了眉毛。

「你說過會幫我啊！」

昌浩又搖搖頭說：「我不是那個意思，我是要把尸櫻……」

他原本想祓除後，起碼可以救神將們。但是，太遲了。

尸櫻吞噬了咲光映，卻還是一樣污穢。不，是更污穢了。

昌浩環視周遭。

無數的邪念徘徊不去，幾萬張、幾十萬張的臉注視著昌浩他們。

宛如海濤聲的話語——已矣哉——聽起來就像咒語，扎刺著昌浩的心。

屍揮開昌浩的手，手伸向了尸櫻。他連站起來的力氣都沒有，只能爬行前進。

昌浩覺得呼吸困難，一陣暈眩。他用雙手撐住地面，不讓身體倒下，奮力地抬起頭。

『已矣哉。』

視野角落掠過太陰的身影，她臉朝下，抱著斷氣的晴明。緊緊抱住晴明的嬌小神將，動也不動。

他轉頭往後看，神將們所在的地方，被數不清的臉覆蓋，堆積成不規則形狀的墳塚。那些墳塚左右扭擺、上下起伏，像是在咀嚼吞噬的東西。

『已矣哉。』

每重複一次，就會削減昌浩的氣力。

他緩緩轉向尸櫻，但連抬頭的力氣都沒有了。

雙手著地的他閉上了眼睛。

這裡充斥著死亡、充斥著污穢。招來死屍的櫻樹，徹底污穢就會枯萎吧？

那麼，這些污穢會往哪裡去呢——

『這裡充滿了陰氣。』

昌浩抬起了眼皮。

耳朵接收到的聲音很熟悉。

不會吧？

難以置信的昌浩使出僅剩的力氣，抬起頭來。

花朵飄落。成千上萬的花朵飄落。

粉紅色的美麗花朵飄落。

屍、神將、老人都不見了，綻放灰白光芒的大樹高高聳立，前面站著一個年輕人。

在目瞪口呆的昌浩面前，年輕人緩緩轉向了背後的櫻樹。

『好美啊……』

年輕人說話的表情、聲音，都跟那天一樣。

年輕人又轉向茫然注視著他的昌浩，開口說：

『這裡充斥著死亡、充斥著陰氣，很快就會達到極致。』

看起來有點透明、纏繞著清新氣息的年輕人，是昌浩的祖父年輕時的模樣。

但是，昌浩知道，站在那裡的不是晴明，而是吞下晴明的魂的尸櫻，僅剩的一點沒有被沾污的木魂。

不會說話的樹木，借用自己所吞噬的人的模樣現身了。

為了什麼？

年輕人嚴肅地對疑惑的昌浩說：

『矯正扭曲的世間哲理。』

數萬花瓣如暴風雪般飄揚。

年輕人的身影被白色花朵遮蔽，看不見了。

「……」

昌浩回過神來，站在黑色花朵飄落的尸櫻下。

與樹幹糾纏不清的屍用指甲去摳樹皮。不斷摳著堅硬樹皮的指甲都快脫落了，他還不肯停止。

一邊喊著咲光映的名字，一邊摳樹皮的男孩，模樣相當恐怖。

「這裡充斥著陰氣……」

昌浩複誦年輕人說的話，沉默下來。

很快就會陰到極致。

陰到極致會怎麼樣呢？

張大的眼睛放射出強烈的光芒。

「……會轉為陽……！」

這麼龐大的陰氣將會轉為陽氣。當死轉為生，再生的瞬間會迸出驚人的氣。

不覺中，蠢蠢鑽動的邪念的聲音靜止了。

它們都屏住了氣息。

尸櫻在顫抖。開了又謝、謝了又開的花朵，也不知道什麼時候開始從所有的枝椏上消失了。

心臟撲通撲通躍動。掛在胸前的道反勾玉放射出冰涼的波動，傳遍昌浩全身。

怦怦。

整座尸櫻森林都在顫抖。原以為會永恆持續的花飛雪靜止了，放眼望去都是枯萎的樹木的黑影。

怦怦。

覆蓋地面的紫色花墊，逐漸轉為枯黃色，變得乾巴巴，咔唦咔唦碎裂了。

爬滿地面的樹根上僅存的氣也不再循環。

黑暗降落。

厚實的寧靜幾乎壓垮了昌浩。

他閉上眼睛，調整呼吸。

被黑暗包圍的昌浩，腦海中浮現尸櫻說的話、森林之主的櫻樹說的話。

——矯正扭曲的世間哲理。

扭曲的世間哲理是什麼？

利用死與再生之間瞬息爆發的龐大氣息，該做的只有一件事。

怦怦。

心臟狂跳。

在極致到來前，他必須豎起耳朵聆聽，等待徵兆。

從某處傳來種子裂開冒芽的微弱聲響，真的非常微弱。

昌浩閉著眼睛擊掌拍手。

「產靈乃神，謹請降臨。」

與尸櫻混合的晴明，無法復元了。

但還有救。唯有在一度斬斷生命的現在，才能辦得到。

被尸櫻吞噬的魂與魄會在死亡時恢復元來的形態，再輪迴到下次的生。

極致的陰所產生的陽氣如激流般動了起來。昌浩必須藉由這股力量施行返魂術，同時讓尸櫻的時間回到神將們被吞噬之前。

他要矯正扭曲的世間哲理；他要矯正不該在這裡結束的命運。

充塞的陰氣轉為陽氣，翻滾的氣流從尸櫻迸發出來。

狂亂的陽氣轟隆作響捲起了漩渦，昌浩踩穩雙腳抵抗漩渦，扯開嗓子大叫：「澳津鏡、邊津鏡、八握劍、生玉、道反玉、死反玉、蛇比禮、蜂比禮、品品物比禮。」

他唸誦的是十種神寶。唸成神咒，就會出現靈異現象，使死者復活。

昌浩想起在夢裡見到的祖父的臉。

——是不是作了惡夢？昌浩。

他們一直都在一起。佈滿皺紋的臉帶著慈祥的笑容。

——不知道啊？那可能是很可怕、很討厭的夢。我教你咒文，你跟著我一起唸吧？

是的，祖父教過他很多咒語、很多法術。

——準備好了嗎？夢都被貘吃掉，心情愉悅，迎接黎明，驅邪淨化。

他多麼希望這只是一場夢。但夢總會消失，一切還是要回歸現實。

所以，爺爺，回來吧，回到這裡。

佈滿皺紋的臉，與那晚見到的年輕人的臉重疊了。

然後，在道反隧道，祖父背負起一切，送走不由得抓住他袖子的昌浩時的那抹微笑。

這情景在昌浩腦中浮現。

「搖啊搖，晃啊晃！」

擊掌的拍手聲繚繞。

流向世界各處的陽氣洪流逆轉，時間只在昌浩周圍回捲，這個現象以驚人的速度揚長而去。

尸櫻從黑色變成紫色，神將們發生激烈衝突。晴明把左手放在尸櫻上，不停地唸著什麼，右手無力垂下。

動也不動，是因為介入了不同性質的東西。當妖魔進入體內，身體某處就會出問題，不能動彈。這次的問題是出在慣用的右手。

昌浩現在才想起來，剛看到祖父用左手結刀印時就覺得奇怪。當時應該想到是這麼回事，他知道現在後悔也沒有用，但就是不能不去想。

晴明逐漸遠去的聲音在耳邊迴響。

「……」

那應該是古事記裡的──

十二神將太陰猛然張開了眼睛。

她緩緩站起來，察覺自己好像抱著老人的頭，不知不覺昏過去了。

低頭看著晴明的臉，她再度淚水盈眶。

有頭髮披在佈滿皺紋的臉上，她伸手想幫他撥開頭髮，摸到他的皮膚還有些微體溫，驚訝地屏住了氣息。

她戰戰兢兢地撫摸晴明的臉——是溫的。

她趕緊把脈，發現有脈搏。她觀察嘴唇的動作，發現恢復呼吸了。

再仔細看，背部上下起伏，心臟也在跳動。

淚水又從太陰的眼睛溢了出來。

她不知道發生了什麼事，但不管發生什麼事都無所謂。

只要晴明平安無事，她就滿足了。

驚愕與安心的感情交織，頭腦一片混亂。

太陰抓著晴明的衣服，肩膀顫動了好一會，才想起同袍們。

主人獲救了，那麼其他人呢？

她環視周遭，看見了他們。

三名鬥將聚集在一個地方。那個青龍竟然會跟騰蛇在一起，太稀奇了，這種畫面不

多見。朱雀也在。而且，三個人看起來都沒有意識。原來是這樣啊，太陰這會才想通了。

有個體格壯碩的背影，一隻手扛著嬌小的身軀，另一隻手抱著身穿白色長衣的纖瘦身軀，強撐著走向他們那裡。

「……白虎……」

藍紫色的眼眸大大搖曳，又滑下了淚水。

被扛在肩上的玄武把手撐在白虎背上，緩緩抬起頭。他看見太陰，似乎想說什麼。

披落著長髮、沒戴任何髮飾的天一，大概是髮髻被擊碎了。她緊靠著白虎，望向鬥將們——望向了朱雀。

白虎走到他們那裡，放下玄武和天一，就雙膝著地跪了下去。玄武對他說著什麼，可能是在向他道歉，也可能是在關心他。

天一走到朱雀身旁，看到他傷痕累累，臉色發白。確定他還有氣，天一才貼著他的臉，默默掉淚。

太陰心想事後一定要告訴朱雀，他把天一惹哭了，想必會受到前所未有的打擊吧？

拚命擦拭淚水的太陰，察覺動盪不安的氛圍，轉過頭看。

屍垂頭喪氣地待在尸櫻旁，咲光映躺在他前面。

女孩面無血色，胸口動也不動。

秀麗的臉龐宛如人工製品。

昌浩站在屍的旁邊，看著他虛脫的背影，似乎想對他說些什麼。

太陰輕輕放下晴明的頭，搖搖擺擺地站起來。

「昌浩……」

聽見戰戰兢兢的叫喚，昌浩轉移視線，臉色亮了起來。

「太陰，太好了。」

太陰點點頭，環視這個世界。

尸櫻還開著花，但厚重濃密的污穢消失了。

太陰看著又低頭俯視屍的昌浩，暗自思忖：

晴明的孫子昌浩，一定是在只剩下絕望的最後時刻，為大家找出了活路。

「殺……」

垂著頭的屍發出了低囔聲，昌浩的臉往下沉。

屍又說了一次。

「殺了我。」

他抬頭看向昌浩，表情扭曲。

「一切都完了……咲光映不在了……」

咲光映躺在飄零的花下，紫色的櫻花紛紛掉落在她慘白的臉上。

為了保護她，屍不惜違背天理、破壞世界哲理、毀滅未來。

更不惜讓自己淪為魔鬼。

「咲光映……是我的一切……」

屍痛徹心扉地大叫，淚水奪眶而出。

沒有其他人了。沒有人會拯救他。沒有人會陪在他身旁。

他要保護咲光映。藉由保護她，可以跟她在一起。可以看著她的笑顏。可以獨佔牽著手時的體溫。

為了保護她，屍什麼事都做得出來。

因為沒有人告訴他其他的辦法。

在永無結束，唯獨罪行不斷重複的日子。

只有屍會記得所有，而她會忘記所有。

即便如此，屍還是無可救藥地、瘋狂地愛上了跟她在一起的那些日子。

但願永遠不會結束。

「如果……早點遇見你……」

昌浩會毫不懷疑地相信他說的話，答應協助他們，為他們而戰。

——……想看海嗎？

——……想看。

為他們實現夢想。

沒有其他人了。除了昌浩以外，沒有那樣的人了。

屍握緊咲光映冰冷的手，深深吸了一口氣。

「我殺了很多村人，還把十二神將天乙貴人當成了活祭品。」

他必須贖罪。他得到的，是在最後一刻失去咲光映的報應。

現在他只剩下櫻樹了。

「這樣狂戀櫻樹活下去，太寂寞了。」

昌浩知道這是屍毫不虛假的真心話。

太陰擋在昌浩前面，齜牙咧嘴地說：

「你太自私了，我不會讓昌浩背負那種罪過，我來殺了你。」

迸發的神氣吹起了長短不齊的醜陋頭髮。

昌浩把手輕輕搭在太陰的肩上。

太陰訝異地轉過頭，昌浩對她搖首，委婉地把她推到旁邊。

「不行哦，我不能讓妳做出觸犯天條的事。」

太陰雙手緊緊交握，注視著昌浩的背影。

看到逐步靠近的昌浩，眼中泛著決心的神色，屍露出了解脫的微笑。

背著老人的昌浩和太陰，走到神將們的地方。

看到昌浩面無表情的樣子，玄武和白虎訝異地彼此互看。

把嘴唇抿成一條線的太陰，低著頭什麼也不說。

「結束了——」

昌浩只說了這句話，把晴明輕輕放在花塾上。

必須想辦法找出回人界的路。

但是……

昌浩嘆口氣，垂下了肩膀。

他已經疲憊到再也無法思考了。

他一步也不想動，開始胡思亂想，好希望車之輔可以來這裡。

『——……』

忽然，有聲音直接傳入了他的耳朵。

昌浩眨眨眼睛，狐疑地皺起了眉頭。在他旁邊的玄武張大了眼睛，白虎和天一、太陰也幾乎在同一時候倒抽了一口氣。
『……人……』
昌浩側耳傾聽。
強忍了許久的感情一湧而上，他的臉不由得糾結起來。
那是越過界與界傳來，引導他們的聲音。

◇　◇　◇

風音躺在竹三条宮的房間裡。
為了把昌浩他們喚回人界，她連接了其他的界與界。她盡可能自己承擔了大部分的負荷，以免做為媒介的六合、車之輔的負荷太重。
昌浩、晴明與神將們一共八名。要連接讓這麼多人通過的路，不是件簡單的事。
在這之前，風音還盡全力守護了晴明不在的京城。
現在終於太過勞累倒了下來。
昏昏沉沉的風音，察覺有神氣降落，抬起了眼皮。
「彩輝……」

她出聲叫喚，六合在她枕邊坐下來，用手背摸她的額頭。

「熱度有點高。」

風音苦笑起來。其實熱度已經降很多了，這幾天她都意識不清，只能喝點水，所以瘦了不少。

她不想讓六合看見她病懨懨的樣子，叫六合回安倍家，六合卻完全不聽她的話。雖不至於整天都窩在這裡，但每天都會來看她好幾次。

「睡覺就會好起來。」

這時，拍動翅膀的聲音響起，烏鴉開心地飛進來了。

『公主，身體怎麼樣……哇！你又來吵她了，十二神將！』

六合嘆口氣站起來。

「我改天再來。」

風音輕輕舉手回應。

『去去去！噓！噓！』

烏鴉把眼睛吊成三角形，揮動翅膀，六合瞥它一眼就隱形了。

『真是的，一刻也不能掉以輕心……』

嘀嘀咕咕發牢騷的嵬，走到風音枕邊。

『身體怎麼樣了……咦？』

閉著薄薄眼皮的風音，已經發出了鼾聲。

『嗯？』

這幾天幾乎不見影子的小妖們，好像又闖進來了。

現在還是大白天，所以小妖們小心避開宅院裡的人，辛苦地翻越圍牆。

平時，它們三兩下就能跳過這道牆，但現在遍體鱗傷，這道牆成了很大的阻礙。

「嘿……咻……」

從牆上跌落地後，獨角鬼和龍鬼從兩旁攙扶抱著捲軸的猿鬼，三隻小妖挨著肩走。

它們的傷勢嚴重到沒辦法獨自行走了。

小妖勇敢迎戰的那些妖怪們原本是棲息在西邊的國家，因為樹木枯萎嚴重，出現了大妖侵略它們的地盤，情勢危急，它們就逃難到京城來。

因為是第一次來這裡，所以到處偵察，看到這棟雄偉的建築，認為可以當成巢穴，就進入了竹三条宮，那天正好猿鬼它們不在。

妖怪們說，既是小妖們的住處，也只好放棄了，跟小妖們簽下了不侵犯條約。

在簽下條約之前，三隻小妖奮不顧身地大戰了妖怪們。

拿回捲軸後，它們還躺在那裡，許久不能動。
不知不覺中昏了過去，再醒來時，聽妖怪們說已經是第三個晚上了。
它們趕緊抓起捲軸，衝出了妖怪們的巢穴。顧不得還是大白天，就匆匆趕來這裡。
趁周遭無人時，龍鬼爬上了外廊。站在猿鬼上面的獨角鬼把捲軸遞給龍鬼，讓龍鬼拉到外廊上。
等獨角鬼和猿鬼爬柱子上來外廊後，三隻才緩步前進。
它們偷窺房間，看到命婦躺在墊褥上，閉著眼睛，呼吸規律，正在睡覺。
「好，趁現在……」
獨角鬼和龍鬼留在外面看守，猿鬼拿著捲軸溜進房間。它躡手躡腳地靠近命婦，把捲軸放在睡覺時用來擺頭髮的髮箱旁邊。
然後，把臉湊近命婦的耳朵。
「聽著，這東西是我們拿走的，不是藤花的錯。妳一定要記住，不是藤花的錯，現在還給妳啦！」
猿鬼逕自點個頭，退出了房間。獨角鬼與龍鬼互看一眼，鑽進了地板下。
它們打算在這裡稍微休息一下，等恢復體力再去找公主和藤花玩。

閉著眼睛的小妖們睡得正熟時，脩子來到了房間前。

她往裡瞧，注視著命婦的睡臉。

然後悄悄走進房裡，在枕邊輕輕坐下來。

她不常來命婦的房間，最後一次是送梅花枝來。

這是個井然有序、沒放什麼家具的樸素空間，從房間的擺設可以看出命婦的氣質。

不經意地環視周遭的脩子，目光停留在矮桌上。

花器裡插著枝椏，是根光溜溜的枝椏。旁邊有張紙，上面擺著像紙屑般枯黃乾扁的東西。

脩子瞪大了眼睛。那是脩子送給命婦的梅花枝椏。儘管花都凋謝了，還是那樣插著。花瓣也都收集起來，一瓣一瓣攤在紙上，沒有重疊。

從這裡可以知道，命婦收到脩子送的梅花有多開心。

脩子注視著命婦，輕聲細語地說：

「命婦……趕快好起來。」

然後，又偏起頭接著說：

「命婦恢復以前的溫柔吧，看到兇巴巴的命婦……我好難過。」

看著命婦好一會的脩子，嘆口氣站起來，無聲地離開了房間。

脩子的腳步聲逐漸遠去。
淚水從命婦閉著的眼睛溢出，流過了太陽穴。

◇　◇　◇

「那麼，我走了。」
穿著打扮好的昌浩要走出房間時，小怪也搖搖晃晃地站了起來。
昌浩察覺它的動靜，回頭豎起眉毛說：
「不行哦，小怪，你還不太能動，要在家裡好好休息。」
小怪拉長臉說：
「放心吧，我沒事。」
看到小怪不服的樣子，昌浩嘆著氣說：
「怎麼看都不像沒事。」
「我說沒事……」
小怪才說完就一屁股跌坐下來，癱倒在地上。
「你頭暈目眩、走路不穩，我帶你去的話，會擔心到沒辦法工作。六合，你在嗎？」

昌浩扠著腰環顧四周，沉默寡言的鬥將就在他旁邊現身了。

「不好意思，今天可以麻煩你跟我一起去嗎？公主召見我，所以離開陰陽寮後要去竹三条宮。」

「知道了。」

「還有，幫我把那傢伙關起來，讓它不能到處亂跑。那麼，我先走了。」

被稱為那傢伙的小怪想回嘴，露出了尖牙。

六合抓住它的脖子，把它像貓一樣抓起來。

「不用擔心昌浩，有我跟著他。」

「哼。」

六合帶著半瞇起眼睛的小怪，走向主人不在的晴明房間。

這裡有各種咒具、書籍，所以即使晴明不在，也充滿晴明的味道。房間在安倍家最裡面的位置，除了晴明外，幾乎沒有人會進來，所以很適合用來休息。

天氣很好，上板窗開著，通往外廊的木門也開著。

從庭院走過來的六合，看到躺在外廊的勾陣，嘆了一口氣。

「天空翁不是一再要求妳回異界嗎？」

勾陣沒有回應。不是裝睡，是真的睡著了。

天空翁在異界做了神氣的繭，耗盡體力的朱雀和青龍都睡在那裡面。陪在他們旁邊的天一和玄武也喪失了大量的神氣，所以暫時不會降臨人界。

勾陣也應該跟他們一樣，待在異界休息，但她說跟他們在一起會有窒息感，所以留在人界。每次見到她都在睡覺，是因為她還沒辦法清醒太久。

神將和人類一樣，若消耗到極限，就需要長時間的休養。

躺在採光良好的外廊，是為了吸取天然洋溢的生氣與陽光的氣息。

安倍家的庭院草木扶疏，每棵樹都生氣盎然，從沒枯萎過。在這些樹木的包圍下，恢復的速度的確會快一點。

六合把小怪放在勾陣旁邊就隱形了。

躺平的小怪覺得陽光太耀眼，移到了陰涼處。

原本在睡覺的勾陣緩緩張開眼睛，一看到小怪就蹙起了眉頭。

經過這幾天，小怪已經知道，這種狀態下的她其實是在半睡眠中，頭腦沒有在運作。

半張開眼睛看著小怪的勾陣猛然抓住小怪的白色尾巴，把它拖過來，墊在頭下面，又閉上了眼睛。

「喂……」

既然要躺在堅硬的外廊上，難道沒想到要帶什麼東西來墊嗎？

想也知道，她沒有餘力思考這麼多。

但小怪還是不能諒解。

尾巴被當成枕頭的小怪，趁她睡著時，暢所欲言地抱怨。

「看到我拚死拚活趕到，妳那麼惡劣的態度是什麼意思嘛！我只是不想告訴妳，那時候我的狀況糟透了，妳卻……」

叨叨絮絮發牢騷的小怪，好像聽見勾陣深深嘆息的聲音。

「我是看到你，整個人就放鬆了。」

聽見突如其來的回應，小怪張大眼睛盯著勾陣。

工作結束的鐘聲響起，昌浩走出了陰陽寮，發現皇宮裡還是處處可見枯萎的樹木。

樹木還沒停止枯萎。

「神祓眾說會著手調查，不知道怎麼樣了……」

除此之外，也還有很多令人擔憂的事。

聽說大嫂篤子懷孕了，但身體狀況不太好又食不下嚥，越漸消瘦。

成親非常煩惱，空下來時，經常見他若有所思。

藤原敏次的咳嗽似乎很嚴重，上課時全力忍住，一下課就開始咳，久久都停不下來。

據他說，每次咳起來，右側頸肩處都很痛，好像有錐子在刺，那樣子看起來很痛苦。

皇上的身體狀況也不見好轉。

在這多事之秋，聽說昌親的女兒梓完全復元了，讓昌浩鬆了一口氣。

「污穢啊……」他望向圍牆內的寢宮，喃喃低語。

聽說，南殿的櫻樹已經長出新葉，綠油油的葉子迎風飄搖。

就是南殿那棵櫻樹的母樹，連接道路讓昌浩他們回到了人界。

據風音說，木花開耶姬也幫了大忙。

感覺那場猜謎比賽已經很遙遠了，昌浩不勝唏噓。

安倍晴明一如當初的計畫，進入了吉野的參議山莊。昌浩也陪同隨行，把他送到山莊再折回京城。

他對山莊的人說，因為遇到神隱事件，在異界迷失了一段時間。管家淚眼汪汪地說，可以回來真是太好了。

太裳、天后和太陰都留在山莊。白虎一到吉野，就把風傳送給天空翁，詳細報告了經過。太裳和天后接到消息，就飛也似地趕來了。

太陰什麼話也不說、什麼事也不做，就是默默陪在晴明身旁。太裳和天后擔心她，叫她回異界休息，她也只是抱著膝蓋猛搖頭。

天后想幫她稍微整理長短不齊的頭髮，她看著晴明說：

「等晴明醒來，就會幫我整理，所以這樣放著沒關係。」

淡淡的語氣反而更令人心痛，天后忍不住擦拭眼角。

這些事都是聽偶爾會去探望的白虎說的，昌浩並沒有親眼看到。

昌浩跟太裳、天后都不熟，沒有直接交談的機會。

他想等玄武稍微復元後，再請玄武在山莊和安倍家放置水鏡，而目前的氛圍還不適合提這件事。

脩子聽說昌浩回到了京城，立刻召他晉見，所以他今天要去暌違已久的竹三条宮。

回來後忙著向陰陽寮和伯父們報告、整理堆積的工作、全力彌補落後的上課進度，一直撥不出時間，所以說來惶恐，讓脩子等了很久。

儘管已經轉達了這些理由，還是要先鄭重道歉才行。

昌浩踩著沉重的步伐走向竹三条宮。

道路兩旁栽種著柳樹，長長的柳枝隨風飄搖。

可能是有點枯萎，葉子尖端變成了枯黃色，昌浩見狀，沉下了臉。

等事情完全平復，他可能必須仿效風音，徹底清除京城的氣枯竭。

「六合。」

回應的氣息就在附近。

「風音還不能下床嗎？」

《是的。》

「這樣啊……」

那還是不能仰賴她。

在祖父清醒回家之前，昌浩必須做好自己能做的事。

他往吉野方向瞥了一眼。

「爺爺……會不會早點醒來呢……」

六合沒有回答。儘管看不見隱形的他，還是能知道他跟昌浩一樣望著吉野的方向。

到了竹三条宮，是沒見過的侍女出來迎接他。

這位名叫菖蒲的侍女要帶昌浩去主屋，但他婉拒了，決定自己從庭院進去。

因為他想確認庭院樹木的枯萎狀況。

說出原委後，菖蒲也點頭說那就這樣吧。

這裡是內親王的住處，栽種著種種樹木。

除魔的柊樹比記憶中多了許多。還在原來位置的樹木，枝椏的形狀也跟記憶中不一樣了。應該是重新種植過吧？

栽種四季不同的花草樹木，可以感受季節變遷的庭院，現因樹木枯萎的關係，看起來雜亂無章，長出葉子的植物也很衰弱。

看來必須進行修祓儀式，祓除樹木的枯萎。

一棵棵仔細觀察樹木的昌浩，看到新栽種的小櫻樹苗，停下了腳步。

苗木的高度還不到昌浩腰際，但已經伸出枝椏，長出綠油油的葉子。

在跟這裡不同的世界遇見的孩子們的身影，閃過昌浩腦海。

他們已經不在了，那個世界只剩下開著紫色花朵的櫻花樹。

再過不久，那棵沾染污穢的尸櫻，也會枯萎腐朽消失吧？

昌浩喃喃說著男孩一次又一次重複的話。

「我會保護妳……」說著，他使勁地握起了拳頭。

他覺得他們很像。很像自己和她。他們所走的路，是自己沒有選擇的路。

他想幫他們；他想救他們。

最後卻什麼都不能做。

男孩臨終前展現了笑容，眼眸如釋重負般冷靜沉著。

在漫長歲月中，他不斷重複著相同的罪行，昌浩希望自己多少拯救了他的靈魂，哪

怕只有一點點都好。

他注視著張開的手掌。

「……」

神情凝重的他，臉龐蒙上從未有過的陰霾。

隱形的六合在背後默默守護著他。

不管善惡，陰陽師都要包容。今後，昌浩也會繼續把不能對任何人說的事，一點一滴地埋藏在心底深處。

「昌浩？」

聽見背後的叫聲，昌浩訝異地張大了眼睛。

轉過身的昌浩，完全抹去了剛才臉上的陰霾。

「藤花。」

他走到藤花所在的外廊前，瞇起了眼睛。

「好久不見了。」

藤花露出耀眼的微笑說：「回來了啊？吉野很遠吧？」

昌浩眨個眼睛，點點頭說：「嗯，我在那裡停留了很久，所以很擔心你們。」

然後又偏起頭說：「藤花，妳還好嗎？」

「我……」

昌浩清楚看見她的眼眸動盪搖曳。

「發生了什麼事？」

有些猶豫的藤花露出憂煩的笑容。

「等一下再說，公主還在等你呢。」

她催昌浩趕快從對面階梯上來，昌浩轉身向前走。

背後感覺得到她的視線。

男孩最後的笑容閃過昌浩腦海，他這輩子都忘不了那雙眼睛。

緊緊握起拳頭的昌浩閉上了眼睛。

我會保護妳，保護妳和妳所愛的人。

然而，也因為這樣，
我再也不能深情地呼喚妳的名字。

◇　◇　◇

呸鏘。

妖怪仰望著紫色櫻樹。

是人面牛身的件。

件的預言一定會應驗。

注視著櫻樹的眼睛凝結不動，就像人工製品。

如波濤般的喧嚷聲，不斷重複著詛咒般的話語。

件開口了。

『沾染死亡的污穢，櫻樹的封印將會解除。』

櫻樹哆嗦顫抖，碎裂的花瓣如暴風雪般狂亂飛揚。

響起了水聲。

在黑暗中、在亂舞的花朵中，有個人影不知何時出現在件的身旁。

『沾染死亡的污穢，櫻樹的封印將會解除。』

件重複說著預言。

感覺有人偷偷笑了。

黑膠邪念在他們周遭聚集。

幾萬、幾十萬張臉直視著尸櫻，同時開口大合唱。

已矣哉。

已矣哉。

已矣哉——

◇ ◇ ◇

有東西輕輕撫過臉頰。

女孩猛然張開眼睛，看到刺眼的陽光照耀，粉紅色的花瓣從整片櫻雲飄落下來。

看得渾然忘我時，有張臉從旁邊晃進了她的視野。

她眨了眨眼睛。

「醒了啊？」

男孩偏著頭問，女孩眨了好幾下眼睛才點點頭說：「嗯……我睡著了啊？」

語氣中帶著羞澀，男孩堆滿笑容說：「妳真的很喜歡櫻花呢！」

「嗯。」

女孩開心地回應男孩說：「因為這麼漂亮啊！好想一直看著。」

「哈哈，可是妳再不回去，會被村長罵哦！」

男孩指著前方說妳看，太陽已經大幅傾斜，離天頂很遠了。

「你來叫我回去？」

「婆婆叫我來的。」

愛操心的婆婆的臉閃過腦海。

「對不起，讓你特地跑一趟。」

「不會，我剛好想出來喘口氣。」

撫養男孩長大的婆婆，是負責村落祭祀的族人，男孩將來要繼承她的職務。

所以他有很多事要學習，有時會覺得壓力很大。

女孩將來也要繼承村長的位子，要學的事多到數不清。

就在偶爾溜出來的櫻花森林，兩人邂逅了。

當時，聊著聊著就忘了時間，驚覺時已經暮色低垂。

女孩發現天色已晚，慌忙趕回村子，驚慌失色的村人正要出來找她，兩人都被狠狠訓了一頓。

「祭祀的日子快到了，你會很忙吧？」

不久就要開始準備一年一次的祭祀。

女孩聽說今年的祭祀將由男孩代替婆婆主持。

「……」

女孩眨了眨眼睛。

男孩是負責一年一次的祭祀的族人。

「要做哪些事呢？」

「嗯……」被問的男孩想了一會，說：「具體儀式我還不清楚，好像會用到我家的劍、鏡子、玉，不知道我能不能學會呢。」

他要執行重大使命，所以現在就開始緊張了。

「是哦……」

女孩茫然仰望櫻花。

風颼颼吹過，無數花瓣如雪片般飄落。

美得讓人想一直看下去。

男孩拱起肩笑著說：「好了，回去吧，咲光映。」

女孩像剛清醒般，注視著把手伸向自己的男孩。

男孩訝異地看著女孩。

「怎麼了？」注視女孩片刻後，他忽然露出堅毅的眼神說：「放心，咲光映，我會保護妳。」

他早已下定決心，不管台面上或私底下，他都會支持繼承村長的她。

女孩倒抽了一口氣。

這是男孩第一次對她這麼說，她卻覺得很熟悉。

回看男孩的她，呀然屏住了氣息。

不知道為什麼，胸口緊緊糾結起來，湧上一股熱氣。

男孩霍地背過臉去，拔腿向前跑。

「我要丟下妳囉！」

滿臉通紅的男孩，大叫一聲，掩飾自己的害羞。

女孩慌忙追上去。
「等等，音哉。」
飄落的花朵在他們前方飛揚。
放眼望去，整片都是綻放的櫻花，美極了。
兩人的身影消失在櫻花裡。
風吹起了。
只見櫻花飛舞。
現實不知何時化為夢消失了。
傷痛的日子、悲哀的日子、愛戀的日子。
全都隨著飛舞的花朵消失了。
只留下了櫻花。
而櫻花也將消逝於未來。

凋謝之櫻。殘留之櫻，皆為凋謝之櫻。

後記

「願於二月之滿月，死於春日櫻花下。」（西行法師）

「凋謝之櫻，殘留之櫻，皆為凋謝之櫻。」（詩人良寬）

「以為明日櫻仍在，夜半風來落滿地。」（親鸞）

「夢見春風吹花落，醒來波心仍蕩漾。」（西行）

「喚醒種種回憶之櫻。」（芭蕉）

「山櫻啊，願汝戀戀如我，唯汝知我心。」（行尊）

「仰首賞櫻間，落花舞翩翩。」（尾瀨二郎）

「落花烈焰燃大篝」（正岡子規）

「櫻花聲聲催促，為死亡做準備」（一茶）

少年陰陽師第八篇〈尸櫻篇〉完結。

先來看例行排行榜。

第一名，陰陽師安倍晴明。

第二名，怪物小怪。

第三名，十二神將土將勾陣。

之後依序是風音、咲光映、紅蓮、太裳、嵬、年輕晴明、敏次、比古、岦齋、朱雀、玄武、太陰、青龍、冥官。

小怪又回到睽違已久的前三名了。還有，女性陣營氣勢如虹。至於紅蓮，在上一集明明很帥啊（笑）。

各位的每一票都會影響排名，煩請在來信中較明顯的地方清楚寫下「投○○一票」。

之前去了睽違三年的台灣舉辦簽書會。

每去一次，就更喜歡這個國家。天氣很熱，讀者也很熱情。我親身感受到這麼多人對這套書的支持、對這套書的喜愛。

這次，我在什麼食物都好吃的台灣，又去吃了上次讓我對芒果改觀的芒果冰。還吃了小籠包、涼筍、配飯喝的茉香綠茶，太美味了。

台灣人很親切，臉上堆滿燦爛的笑容。替我做口譯的皇冠文化出版社的人，日文非常流利，我們聊起日本的連續劇、電影、偶像團體嵐（笑），聊得很盡興。

可以直接轉達二〇一一年的感謝，我個人十分開心。

希望哪天還能去見台灣的讀者，要我去幾次都行。

我會努力讓大家邀我去。

在我的小檔案中，記載著我喜歡中島美雪。我經常從她的作品得到靈感，而且頻率相當高。

我在寫完這個故事後，又重聽很久沒聽的〈紫色櫻花〉，發覺這首歌的歌詞正是尸櫻篇的故事內容。紫色櫻花的主題，確實是來自這首歌，但沒想到這麼吻合。在我心中，中島美雪究竟佔有多大的分量？

獨特的表現、華麗的措詞、美到扎刺胸口的文字，都令人憧憬。

接下來要出版的《怪物血族》第七集，在第一次聽到〈熟人、友人、愛人、家人〉這首歌時，才終於寫完剎那間浮現在心中醞釀已久的場面。

這是繼《篁破幻草子》之後劃下句點的作品。

敬請期待。

敵人是晴明。

由這樣的衝擊性情節揭開序幕的尸櫻篇，大家覺得如何呢？

請務必來信告訴我感想。那是我寫下本書的動力。也期待大家參加排行榜的投票。

不久前，跟朋友聊天時提到：「寫小說真的很快樂，值得付出一輩子。」連我自己都對自己說出來的話感到驚訝。那是無意識中發自內心的真心話。有這麼快樂嗎？嗯，有，很快樂。是的，我願意為此鞠躬盡瘁。

如我剛才所說，接下來要出版的是《怪物血族》完結篇。那之後是《少年陰陽師》。其他還有《大陰陽師　安倍晴明》、《吉祥寺所有怪事承包處》的作品。請先看《怪物血族》，還沒看過的人，何不趁此機會一口氣看完呢？很好看哦！

那麼，下一本書再見了。

「給我擁抱　讓我沉睡　回歸彼岸」（中島美雪）

結城光流

少年陰陽師
しょうねん　おんみょうじ
肆拾貳
浮生幻夢
與《夢的鎮魂歌》遙相呼應，
描寫【尸櫻篇】發生前的三年，
十五歲的昌浩與小怪、勾陣在播磨修行的日子。
那時，彰子決心揮別過去的自己，以「藤花」之名繼續活下去。
其他還有昌浩在雲裡尋找「雷獸」，
以及借助紅蓮等眾神將的力量打敗妖怪等少陰迷必讀的四個短篇故事！
【2015年10月出版】
© Mitsuru YUKI 2014

國家圖書館出版品預行編目資料

少年陰陽師．肆拾壹，傷逝之櫻／結城光流著；涂愫芸譯.-- 初版. -- 臺北市：皇冠，2015.07
面；公分.--(皇冠叢書；第 4485 種)(少年陰陽師；41)
譯自：少年陰陽師 41：かなしき日々に咲き遺れ
ISBN 978-957-33-3163-6(平裝)

861.57　　104009516

皇冠叢書第 4485 種

少年陰陽師 41

少年陰陽師——
傷逝之櫻

少年陰陽師 41
かなしき日々に咲き遺れ

作　　者—結城光流
譯　　者—涂愫芸
發 行 人—平雲
出版發行—皇冠文化出版有限公司
台北市敦化北路 120 巷 50 號
電話◎ 02-27168888
郵撥帳號◎ 15261516 號
皇冠出版社(香港)有限公司
香港上環文咸東街 50 號寶恒商業中心
23 樓 2301-3 室
電話◎ 2529-1778　傳真◎ 2527-0904
總 編 輯—盧春旭
責任編輯—鄭智妮
美術設計—王瓊瑤
著作完成日期— 2013 年
初版一刷日期— 2015 年 7 月

法律顧問—王惠光律師

讀者服務傳真專線◎ 02-27150507
電腦編號◎ 501041
ISBN ◎ 978-957-33-3163-6
Printed in Taiwan
本書特價◎新台幣 199 元 / 港幣 67 元